레이디스,
테이크
유어 타임

박문영 장편소설

레이디스, 테이크 유어 타임

펴낸날 2024년 7월 29일

지은이 박문영
펴낸이 이광호
주간 이근혜
편집 이주이 김필균 허단 윤소진 유하은
마케팅 이가은 최지애 허황 남미리 맹정현
제작 강병석
펴낸곳 ㈜문학과지성사
등록번호 제1993-000098호
주소 04034 서울 마포구 잔다리로7길 18(서교동 377-20)
전화 02) 338-7224
팩스 02) 323-4180(편집) / 02) 338-7221(영업)
대표메일 moonji@moonji.com
저작권 문의 copyright@moonji.com
홈페이지 www.moonji.com

ISBN 978-89-320-4298-5 03810

레이디스,
테이크
유어 타임

박문영 장편소설

문학과지성사

차례

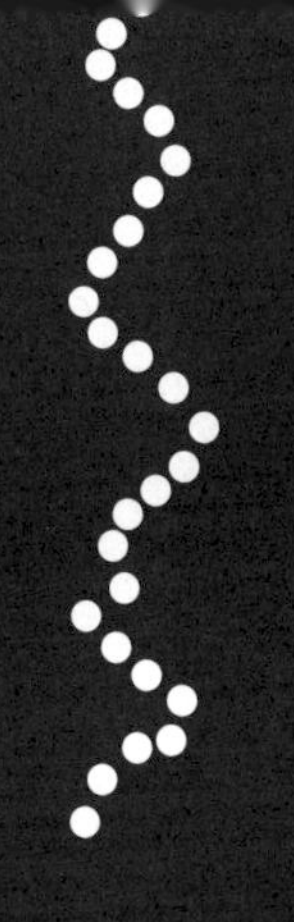

1부
레이디스

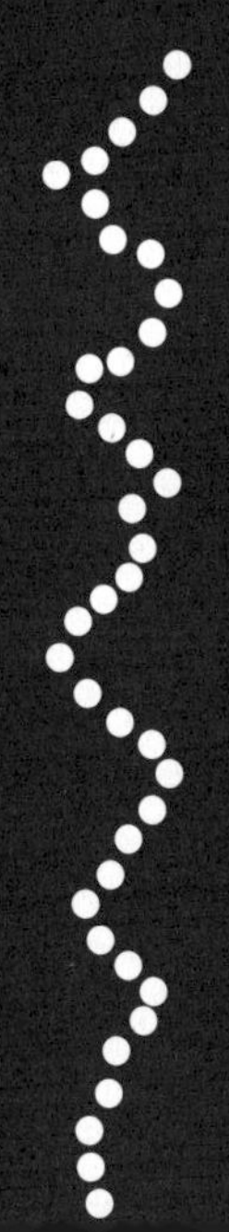

노보금은 시장 고깃집에서 나와 담배를 물고는 먼발치의 무대를 쳐다봤다. 눈이 시리고 귀가 따가웠다. 빨간색, 초록색, 파란색 조명이 무대 주변을 마구 휘도는 중이었다. 광장에 설치된 무대는 야외 방송 세트에 비할 수 없이 단출했지만 소음만은 대단했다.

나이는 묻지 마요. 눈만 마주쳐요. 인생은 짧아. 사랑은 더 짧아.

광장에 모인 여자들이 트로트 곡에 맞춰 몸을 흔들고 있었다. 앞줄의 한둘은 강사의 동작을 제법 잘 따랐지만, 그 외의 사람들은 팔과 다리를 멋대로 움직이면서 연신 웃음을 터뜨렸다. 월, 수, 금 저녁 8시부터 9시. 노보금은 주민들이 여기서 춤을 춘다는 사실을 윗집 성만옥에게 들어 알고 있었다. 하지만 실상이 이 정도로 산만하고 추레하다는 짐작은 이제껏 해본 적이 없었다.

몸을 돌려 고깃집을 슬쩍 본 노보금은 그곳의 일행이 더 취하지 않았으면 했다. 함께 일할 때는 대체로 평범하고 순박한 남자들이었지만, 오늘은 그들이 꽤 못마땅했다. 누구나 잘하는 게 하나는 있어. 누구에게든 배울 점은 꼭 있지. 근무 중에 떠올리는 주문 두 개를 찬찬히 되풀이해봐도 미간이 일그러졌다. 추석을 하루 앞두고 별 근심 없이 노닥거릴 수 있는 동료들의 태평함이 못 견디게 거슬렸기 때문이다. 담뱃갑을 집기 전, 노보금은 그들에게 물었다.

"이제 슬슬 일어나셔야죠. 집에서 가족들과 같이 명절 준비 안 하세요?"

콧방울을 긁던 남자가 답했다.

"거, 명절에 숟가락 몇 개만 더 놓으면 되는 걸 갖고 여자들은 왜 그렇게 뿔이 나나 몰라."

안도한 남자들이 서로의 잔에 술을 더 따르며 한마디씩 보탰다.

"그러게. 상차림도 옛날 같지 않잖아. 그냥 허연 국 슴슴하게 끓이고 전 조금 부치고."

"나는 밖에서 전이랑 떡도 사 와. 나물은 일절 하지 말라고 했고."

노보금은 대꾸하지 않았다. 그저 문을 열고 나가 바깥 공기를 들이마시고 싶었다. 그는 시가에서 엄청난 양의 음식을 장만하고 있을 차소원을 생각했다. 대체 몇 년째인가. 아무리 유명한 방송인이어도 명절엔 며느리 역할을 톡톡히 해야 하는 친구의 처지가 안쓰럽게 여겨졌다. 담배 연기를 내뿜은 노보금은 동료들이 그 뒤에 늘어놓은 말 때문에 인상을 다시 찌푸렸다.

"재미없는 명절 얘기는 됐고요. 저기, TV에서 본 적 없는 것 같은데. 정말 코미디언이었어요? 성격이 그렇게 밝지도 않아서."

"허, 새로 들어왔다고 아무것도 모르네. 여사님 유행어 몰라? 야, 야, 야단났어. 난, 난, 난리 났어."

오래전 일을 대놓고 들추는 사람들에게서 벌금을 받아낼 순 없는 걸까. 듣기 싫은 말이 들리는 순간 귀가 자동으로 접힐 순 없나. 은퇴한 지 11년이었다. 수도권 생활을 접고 2년 전 이곳 영청시로 이사한 것도 방송국 근처에서 아주 멀어지고 싶어서였다.

노보금은 영청시청 산림과의 하청 업체인 뉴바이오 매스

에서 공공 근로를 했다. 면접 자리에서 자신을 알아본 남자가 그의 유행어를 끄집어냈지만, 노보금은 아무렇지 않은 듯 웃어넘겼다. 해가 갈수록 주변에 쓸데 있는 말을 하는 사람은 드물었다. 하지만 혼자 지내는 노후엔 반드시 시간을 내버릴 일거리가 필요했고 시간을 버려야 들어오는 고정적인 수입도 중요했다. 누구의 엄마도 아내도 아니면서 어머님, 사모님 소리를 듣는 처지엔 더욱. 자신의 오랜 취미를 전혀 모르는 사람들과 지내야 하는 환경에선 더더욱.

노보금은 팝페라와 보사노바 그리고 목가풍의 가요를 빼고는 전부 들어버릇했다. 인더스트리얼, 헤비메탈, 빅 비트, 덥스텝에 이르기까지 보이는 대상과 보이지 않는 대상을 가리지 않고 뭔가와 싸우는 음악을 모두 즐겼다. 엄밀하게 따진다면 국내 힙합을 온전히 즐긴다고 하긴 어려웠다. 박자는 문제될 게 아니었다. 가사가 장벽이었다. 탐욕과 방종이란 단어가 나오면 곡을 더 듣고 싶지 않았다. 접속사 '허나'가 나오면 바로 다음 곡으로 가는 게 나았다. 래퍼가 필요 이상으로 침묵을 지키다 어머니나 아버지를 부르짖으면 한동안 귀를 쉬게 해줘야 했다.

이상하게도 노보금은 자신이 재즈를 듣기엔 아직 이르다고 생각했다. 물론 슬프고 아름다운 곡들에 끌리기도 했지만, 그가 여태 접한 재즈는 대체로 싸우다 화해하고, 화해하다 싸우는 희한한 형식의 음악이었다. 풍물패로 치면 혼자 북 치고 장구 치다 징에 머리를 박고 우는, 도대체 뭐 하자는 건가 싶은 흐름. 모든 것을 낭비해야 직성이 풀린다고 외치는 듯한 이기적인 장르. 노보금은 편협과 우수를 오가며 요란법석을 떠는 이들의 표현이 거북했다. 그들의 낭만과 야망에 관심이 가지 않았다. 필요한 것은 얼마 없었다. 세상과 부실하게 불화하는 음악, 책장 상단의 낡은 만화책, 마당을 오가는 동네 고양이. 이 정도면 충분했다.

전원주택, 리모델링, 임야, 투자, 집값. 영청에서 지낼 거란 소식에 사람들이 가장 많이 꺼냈던 단어는 노보금의 단어가 아니었다. 노보금에게 집은 소박한 안전 기지 이상도 이하도 아니었다. 그리고 음악, 만화, 고양이가 없는 집은 좋은 숙소일 수는 있어도 좋은 집은 아니었다. 노보금은 자신이 계속 살아갈 수 있는 이유 두 가지를 진작부터 알고 있었다. 거짓 없이 단순했다. 고양이에게 밥을 주려고. 고양이 똥을 치우려고.

공공 근로는 9시부터 6시까지였지만 식사 시간과 쉬는 시간이 적절히 주어졌고 일도 크게 고되지 않았다. 산 그루터기 주변의 잡초를 베고 벌목 현장을 정돈하는 게 주요 업무였다. 허리와 무릎이 시큰거리긴 해도 썩 나쁘지 않은 일자리였다. 눈에 띄는 활약이 없는 육십대 중반의 여성 희극인이 방송국에 머물렀다면 더 헛된 일만 주어졌을 것이다. 예능국 제작진은 아직 무대에 설 수 있는 여성들을 세트장 소파에 앉혔다. 주로 부부간 갈등 또는 가족 간 갈등을 내보여야 하는 프로그램이었다. PD도 CP도 대본, 분장, 캐릭터 따위는 준비하지 않아도 된다고 했다. 그들이 원하는 건 여성 희극인이 남몰래 숨겨왔던 비극이었다. 정확히는 한물간 유명인의 기구하고 박복한 사연. 그러니까 시청자들이 자신의 처지를 안도할 수 있게끔 하는 낯익은 타인의 불행. 노보금은 여럿이 성의를 모아 만든 이 재해에서 가장 악질이 누구인지 알았다.

"그래도 아내 생각해주는 건 남편분뿐이네요. 말은 저렇게 해도, 다 느끼고 계셔."

"그러니까요. 고생 다 아시지. 근데 조금, 아주 조금 짓궂으시다. 밖에서 친구분 만날 때는 표정도 말도 따뜻하신데."

바로 가해를 가해라고 말하지 않는 이들이었다. 그런 자들이 공중파로 꾸준히 내보내는 말과 자막은 매번 역겨웠다. 노보금은 카메라 앞에 더는 서기 싫었고 그 앞에서 가면 없이 민낯을 드러내기는 더욱 싫었다.

휴대용 재떨이에 꽁초를 넣은 노보금은 버스에서 막 내리는 사람들을 쳐다봤다. 자신보다 나이가 많을 듯한 여자 두엇이 땅에 느릿느릿 발을 붙였다. 여자들이 인도에 올라선 지 얼마 지나지 않아 도넛 상자를 가슴께에 꽉 붙인 학생이 눈에 들어왔다. 영청 같은 지역에선 볼 수 없는 로고였다. 근처 대도시에 다녀온 학생 같았다. 노보금은 그 브랜드가 요새 젊은 층에게 인기가 많다는 걸 알고 있었다.

그는 여기 이사 온 지 일주일이 안 됐을 때, 자신이 품었던 순진하고 원대한 꿈을 떠올렸다. 일본 라면을 먹고 싶었던 꿈. 제대로 된 '라멘' 한 그릇을. 방송국 주변에는 맛집이 워낙 많았다. 맛집을 알고 있는 지인들도 숱했다. 새 터의 여건은 그렇지 않았다. 영청의 한 대학가 주변에서 퓨전 일식집을 발견한 노보금은 그대로 3층까지 올라갔다. 입구에 다다르자 목이 마르고 골반이 뻐근했다. 식당 안이 학생들로 붐벼 잠시 주춤했지만, 창가에 자리 하나가 보였다. 아삭한 식감이 살아 있는 죽순과 숙주, 불에 잘 그을린 차슈, 온천계란. 노보금은 김이 펄펄 올라올 그릇을 생각하곤 테이블의 수평이 잘 맞는지 확인했다. 한참 후 자리에 놓인 건 깨와 쪽파를 어설프게 뿌린 미지근한 라면이었다. 국물은 다를 수도 있지 않을까. 노보금은 결국 숟가락질을 멈추고 식판을 창가 쪽으로 밀었다. 덜 끓인 곰탕 맛이 났다. 육수 대신 사판 가루를 썼을 것이다. 식당 안에 쿰쿰한 냄새가 나지 않는다는 사실을 둔하게도 뒤늦게 알아챘다니. 달걀은 심지어 완숙이었다.

노보금은 예상보다 낙후한 도시 영청에 여러 번 놀랐다. 하나 있는 큰 미술관에서는 여백 없이 다닥다닥 붙은 액자를 보다 숨이 막혔다. 도서관엔 발행한 지 수십 년은 된 책들이 서고를 차지하고 있었다. 공연을 하는 줄 알고 조심스럽게 다가간 곳은 택배 집하장이었다. 트럭 수십 대에서 나오는 붉은 불빛이 카메라 불빛인 줄 알고 흠칫했다. 그럴 때마다 노보금은 무심한 척 뒷짐을 지었다. 뭘 기대하고 왔어. 홀로 고요하게 지내고 싶었을 뿐인데. 적당히, 무난하게.

*

고깃집 쪽으로 몸을 튼 순간, 어디선가 날 선 비명이 들렸다. 노보금은 무심결에 소리가 나는 곳으로 발을 뗐다. 빌라 3층, 머리를 창문 밖으로 뺀 여자가 광장 사람들을 향해 고함을 지르고 있었다.

"내가 진짜 참다 참다 더는 못 참아. 사람 피 말리게 저녁마다 이게 뭐 하는 짓거리야. 춤을 추려면 혼자 집에서 추라고. 밖에 기어 나오지 말고!"

"기어 나오지 말라고? 우리가 무슨 바퀴벌레야, 지네야?"

한 여자가 맞받아치자 다른 여자들이 그의 어깨를 잡았다. 무대 위의 강사가 곧장 앰프로 손을 뻗었다. 노래는 막 후렴구에 들어선 참이었다.

우물쭈물 말고 딱 기다려. 내가 당신한테 갈 테니까. 우물쭈물 말고 딱……

흘러나오던 음악은 바로 멈췄다. 요란한 EDM 비트가 사라진 광장은 금세 적막해졌다. 노보금은 20인치 캐리어 크기의 스피커와 미색 빌라 건물을 번갈아 쳐다봤다. 춤추는 여자들과 빌라의 여자. 누구의 잘못도 아니었다. 죄는 야외 무대와 거주지 사이의 거리를 재지 않은 이들에게 있었다.

"저희 소리 없이 춰볼까요?"

마이크 선을 끄른 강사가 물었다. 사십대 초의 여자 강사는 대중에게 춤을 가르치는 일을 직업으로 삼은 것치곤 내향적인 성격이었다. 여자들은 그가 이전 강사들보다 구호가 작고 늘 자신들의 눈치를 살핀다는 사실을 알고 있었다. 춤을 썩 잘 추지 못하는 여자들도 지금 강사는 기세가 부족

하다며 귀갓길에 군말을 늘어놓았다. 강사 앞에 있던 여자가 허리를 돌리며 대꾸했다.

"음악이 없으면 흥이 안 나는데. 아니, 여기서 맨날 행사하는데 어쩌라고. 그럼 우리는 어디서 춰?"

"그렇죠? 여기뿐이긴 한데, 제가 주민센터 담당자랑 장소 얘기 더 나눠볼게요."

입매를 힘껏 끌어올린 강사는 춤 대신 몸풀기 동작을 선보였다.

"에이, 오늘 파이다. 김샜어."

"그러게, 텄다. 이게 뭔 일이래. 빌라 여자랑 담판을 내든가 해야지."

대열에서 빠져나온 여자 서넛이 광장 평상에 둘러서서 각자 챙겨 온 물을 마셨다. 노보금은 춤 대신 체조를 시작한 여자들을 물끄러미 바라봤다. 뒷모습에 아까와 같은 활기가 없었다. 물병을 급히 내려둔 여자 하나가 노보금을 향해 뛰어갔다.

"언니! 춤추러 나온 거야? 이제야 내 말 듣는구나."

선 캡을 위로 젖힌 여자는 이웃 성만옥이었다. 우연히 한 동네에 살면서 오다가다 몇 번 얘길 나눈 사람까지 이웃이라 칭할 수 있다면. 같이 늙어간다고는 하지만, 노보금보다

네 살이 어린 성만옥은 혈기도 의욕도 넘치는 것 같았다. 질문이 늘 많은 여자였다. 그간 성만옥이 궁금해한 내용은 이런 것들이었다. 수도세가 얼마 나왔냐. 사거리의 배관 보수공사가 언제 끝나는지 아느냐. 담 밖으로 나온 매실나무 열매를 좀 가져갈 수 있느냐. 성만옥은 용무가 끝날 때마다 함께 춤을 추러 나가자고 권유했고 노보금은 손을 내젓기 바빴다.

"나 춤추러 나온 거 아냐. 회식이 있어서."

노보금이 턱으로 고깃집을 가리켰다.

"언니, 그래도 이왕 온 거 몸 좀 흔들고 가지."

성만옥에게 여기 오고 싶지 않은 이유를 밝히고 싶은 마음은 없었다. 무대가 싫다고, 그쪽으로는 다시 가고 싶지 않다고. 그 답은 또 다른 질문을 불러들일 게 뻔했다.

"하기사…… 쯧, 언니는 시청 일해서 바쁘겠다. 난 하루에 세 시간만 일하니까 좀이 쑤셔. 이 뱃살 좀 봐. 남은 쿠키랑 케이크 먹다 보니까 이 지경이야. 더 움직여야지."

성만옥이 자기 아랫배를 쥐어 잡고 흔들었다. 시니어 바리스타인 그는 중노년 여성을 고용하는 카페 만춘에서 일한 지 벌써 3년째라고 했다. 노보금은 영청교육대학교 평생교육원 뒤편에 있다는 만춘에 한 번도 가보지 않았다. 이름부터 거부감이 들었다. 늦봄을 뜻하는 만춘晩春은 듣자마자 힘이 빠지는 낱말이었다. 늙은이들끼리 애써 기운을 북돋아주려는 말. 우리가 언젠가 세상에서 밀려나고 지워진다는 사실을 애써 부정하는 말. 속절없이 흐르는 시간을 의지와 낙관으로 막아볼 수 있다는 듯 구는 말. 만춘은 단정하고 점잖은 어감을 지녔지만, 사실은 미지근한 물에 불어 흐물흐물해진 대추 조각과 다름없는 단어였다.

"무대 앞으로 확 잡아채고 싶은데 참을게. 언제든 내키면 나와. 우리 나이 때 우리를 누가 챙겨? 알아서 챙겨야지."

잔소리를 더 늘어놓으려는 성만옥 옆에 누군가 소리 없이 붙어 섰다.

"좋은 언니. 내가 말했지? 우리 아랫집에 사는 코미디언. 아, 둘이 나이가 같겠네. 예순일곱 맞지? 어머나, 세상에. 둘이 친구 하면 되겠다."

성만옥의 말을 듣는 둥 마는 둥 하던 마종은이 천 가방 안을 뒤적거렸다. 노보금은 그의 가방을 유심히 살폈다. 각기 다른 생김새의 부엉이 수십 마리가 수 놓인 가방이었다. 노보금은 옷감에 꽃이나 새를 촘촘히 새기는 여자들의 취미가 언제나 서글프게 느껴졌다. 자신이 공공 근로로 시간을 버리듯, 그들도 바느질로 시간을 버리는 것뿐이라는 생각이 들어서였다.

“이거 하나 남았는데 드릴게요. 저희 모임에서 만든 금귤청이에요.”

마종은은 유리병을 소매로 닦으며 포장 상태를 확인했다. 아까 청소년 쉼터에 선물로 가져갔던 두 개 중 남은 한 개. 청을 다 나눠 주고 나오려는 마종은에게 자기들은 하나로 충분하다며, 쉼터 소장이 가방에 한사코 쑤셔 넣은 것이었다. 지난달에 만들어서 보존 기한이 넉넉하니 그냥 두라고 해도 소용없었다. 노보금은 여자가 내미는 유리병을 내려다봤다. 용기 뚜껑을 감싼 포장 끈엔 마른 들꽃 두 송이가 함께 묶여 있었다. 그저 야무지다기엔, 솜씨가 좋다기엔 어쩐지 숨이 막히는 모양새였다. 그 꼴을 보니 옷에서 풍길 담배와 고기 냄새가 뒤늦게 걱정되었다.

“고맙습니다.”

고개를 숙인 노보금이 작업복 가슴께에 묻은 흙먼지를 황급히 털어냈다.

“이 언니가 에코, 그 자연주의 모임 대표거든. 마종은 대표님. 근처에 들쭉이라고 있어. 환경에 관심 있으시면 한번 가봐.”

“네, 저 사거리 쪽 건물이에요.”

노보금은 마종은이란 사람이 자신을 들쭉에 들이고 싶은 의지가 없을 거라 여겼다. 사거리 쪽이라니. 정말 방문하길 원했다면 건물 층수와 함께 더 정확한 설명을 곁들였을 것이다. 왼쪽, 오른쪽, 쭉 걷다가, 꺾어서, 바로. 마종은은 그런 표현을 일절 쓰지 않았다.

"웬일이야. 이게 무슨 일이야."

난데없는 손뼉 소리에 노보금과 마종은의 미간이 살짝 일그러졌다. 성만옥이 손뼉을 세 번 더 치고 말했다.

"우리 금은옥 자매네."

성만옥이 손가락을 접어가며 말을 이어갔다.

"노보금, 마종은, 성만옥. 이름 끝에 금, 은, 옥이 들어가잖아. 이거는 인연이다, 인연. 세 여자의 돌이킬 수 없는 인연."

성만옥이 불쑥 노보금의 손목을 잡았다.

"금이 언니. 우리 지금 빌라 여자 만나보려고 하는데 같이 가."

"뭐? 내가 거길 왜 가?"

금은옥 자매니, 인연이니 하는 호들갑도 불편했는데 이건 또 무슨 부탁이지. 뒤로 반보 물러선 노보금은 자신의 어깨를 주물렀다. 고단하니 이제 헤어지자는 뜻을 못 알아

차린 건지, 알고도 모른 척하는 건지 성만옥의 몸짓엔 힘이 가득했다.

“아까 소리 지르는 거 못 들었어? 어떤 여자가 우리 춤추는 거 싫다고 먼저 시비 걸었거든. 그러니까 담판을 지어야지.”

성만옥의 말에 마종은이 고개를 저었다.

“담판이 아니라 대화를 나눠야지. 흥분하지 말고.”

“말이 그렇단 얘기지. 대표님이 또, 또 따진다.”

노보금이 그만 가보겠다고 말하려는 순간, 고깃집에서 우르르 나온 남자들이 손을 흔들며 외쳤다.

“여사님, 어디 갔었어? 우리 2차 가야죠. 맥주 한잔 더 안 해?”

동료들을 본 노보금이 마종은과 성만옥 가까이 붙어 섰다. 고깃집에서 호프집으로, 호프집에서 노래방으로, 노래방에서 택시 정거장으로. 그들과 함께 몰려다니면 고생대를 통과하는 기분이 들 것 같았다. 마치 인류의 장대한 역사를 톺아보듯 지루한 밤이 될 게 분명했다. 인간은 어쩌다 고기와 술을 먹고 노래까지 부를까. 소음 속에서 그런 질문을 하염없이 되뇌고 싶지 않았다. 노보금은 배에 힘을 주고 외쳤다.

"못 가요. 여기 친구들이랑 어디 갈 데가 있어서."

두 사람을 따라 걷다 보니 어느새 빌라 계단참이었다. 3층 여자는 현관 잠금장치를 다 풀지 않고 문가에 섰다. 건물 복도로 좁은 부채꼴 빛이 번져 나왔다. 더러운 바닥을 비추는 빛은 누군가 떨군 피자 조각 뒷면처럼 보였다.

"소음 때문에 힘드신 거 알아요. 그래도 저희는 춤이 정말 좋거든요. 시에서 지원하는 수업이라 무료인데, 선생님도 저녁에 나와서 같이 추시면 어때요? 건강도 좋아지고 활력도 생기고."

마종은의 말에 여자가 코웃음을 쳤다.

"남의 집 앞에서 매일 시끄럽게 굴다가 이젠 이렇게 몰려와서는, 뭐요? 힘든 걸 알아요?"

거실 TV 앞에 앉아 있던 여자가 문틈의 노보금을 보고 히죽 웃었다. 여자의 초점은 순식간에 다른 곳으로 흩어졌다. 손발의 움직임이 물속에 있는 것처럼 약간 느렸다. 노보금이 따라 웃자 여자는 이불 속으로 숨었다. 딸인가, 동생인가. 흘깃 본 것만으로 여자의 나이를 가늠할 수 없었다. 허리춤에 손을 얹은 성만옥이 말했다.

"매일은 아니고 4월부터 10월까지 딱 6개월이에요. 2월에 하는 댄스 발표회는 다른 곳에서 연습하고요. 이제 다 끝나가는데."

"반년이든 하루든 나는 질색이라고."

"그러면 춤출 곳이 여기밖에 없는데 어떡해요. 이 앞은 광장이잖아요. 모두 모이는 광장."

노보금이 성만옥의 손목을 지그시 잡았다.

"갑자기 무턱대고 찾아와서 죄송합니다. 저희가 강사님과 더 얘기 나눠볼게요."

노보금은 이어서 마종은에게 물었다.

"저기, 이거 드려도 되죠?"

노보금이 유리병을 올려 들었다. 이미 준 선물이니 어디 쓰든 알 바는 아니지만, 그래도 아까 받은 걸 남에게 바로 주다니. 마종은이 천천히 고개를 끄덕이자 노보금이 3층 여자에게 유리병을 건넸다.

"이거 드세요. 옆에 분이 하시는 모임에서 만든 금귤청이래요."

3층 여자는 병을 받아 들더니 현관문을 홱 닫았다. 빌라를 나선 세 여자는 컴컴한 시장 골목을 터벅터벅 걸었다. 문 닫은 생선 가게들을 지나는 동안 노보금은 이들과 함께 고래 배 속에 갇힌 기분이 들었다. 작업화 밑창으로 소금물이 저벅저벅 밟혔다. 정적을 참지 못한 성만옥이 물었다.

"언니가 왜 사과를 해? 우리는 그 여자랑 담판, 아니다. 협상해야 하는데."

"협상은 인사 다음에 하는 거지. 하나도 아니고 셋이 갑자기 찾아갔잖아. 놀랐을 거야."

눈썹을 치켜올린 마종은은 눈앞에 사람 대신 불 꺼진 상가들이 있어 다행이라는 생각이 들었다. 사납고 성마른 표정을 누군가에게 드러낼 순 없었다.

"그리고 아까 주신 선물, 제가 마음대로 써서 미안해요. 정성껏 만드셨을 텐데."

"괜찮아요. 별것도 아닌데요."

마종은은 짐짓 부드러운 말투로 답했다. 노보금이 3층 여자와 자신에게 건넨 사과는 전부 고깝기만 했다. 사소하다면 사소한 일을 전부 잊지 않는 것, 실수와 과오를 빠짐없이 바로 잡으려는 건 결국 비대한 자의식 때문 아닌가. 세찬 세월을 지나왔는데도 자아상이 그만큼 단단하고 커다란 것이다. 흠집 하나를 못 견디는 것이다. 노보금이란 여자는 성만옥처럼 속이 쉽게 드러나지 않는 데다, 자신과 비슷하게 묘한 선민의식이 엿보이는 사람이었다. 이렇게 나오면 남들에게 투덜거릴 수가 없었다. 뒷말을 하면 자신만 모난 사람이 되니까.

"금귤청은 다음에 또 드릴게요. 만들기 어렵지 않으니까."

"아뇨. 수고스럽게 그러지 마세요. 저는 단 걸 잘 안 먹거든요."

노보금이 깍듯이 인사를 하고 자리를 떴다. 가로등 불빛 바깥으로 비켜선 마종은은 고개를 절레절레 저었다. 도무지 정 붙일 구석이라곤 없는 여자였다.

*

목욕을 마친 노보금이 자리에 누웠다. 저녁 회식을 하다 무대를 구경한 것만으로도 심란했는데 느닷없이 빌라 습격까지 동원돼 고된 하루였다. 눈을 감자 단순한 동작도 따라 하지 못했던 여자들의 모습이 떠올랐다. 무대 위에서 대사를 잘못 뱉거나 동선을 어그러뜨린 적이 없던 그에겐 잘 이해할 수 없는 장면이었다. 그걸 못하나. 그 쉬운 걸 왜. 노보금은 머릿속으로 아까의 춤 동작을 순서대로 맞춰갔다. 얼핏 현란한 것 같아도 가만히 짚어보면 간단한 순환 구성이었다. 자잘한 동작도 반복이 주였다. 코미디의 기본

법칙과 같은 A, A′, B, B′. 고정된 큰 틀을 따라가되 세부가 약간 변주되는 형식. 그때, 창문 밖에서 키득거리는 소리가 났다.

"야, 야, 야단났어. 난, 난, 난리 났어."

"조용히 해. 나오면 어떡해."

"나오면 뭐 어쩌라고. 집에 없는 것 같은데?"

노보금의 심장이 빠르게 요동쳤다. 창가로 기어간 그는 창틀 끄트머리에 조심스레 콧등을 붙였다. 담배를 피우는 학생 두 명의 머리통이 내려다보였다. 근처 중학교 교복이었다. 까마득하게 어린 사람들이 무섭다는 게, 아직도 겁이 난다는 게 황당했다. 꽁초 위에 침을 여러 번 뱉던 아이들은 행인이 오자 다른 골목을 향해 뛰어갔다. 창가에서 물러나려던 노보금은 건너편 담벼락 구석에서 고양이를 발견했다. 동네에서 본 적 없던 흰색 고양이었다. 그가 속삭이듯 말했다.

"아이고, 얘야."

한쪽 다리를 쓰지 못하는 고양이가 제자리를 바삐 맴돌며 주저하고 있었다. 땅으로 뛰어내리고 싶지만, 자신이 없는 듯했다. 노보금은 눈을 비볐다. 다시 보니 담벼락 구석에 있는 건 고양이가 아니라 작은 태극기였다. 문양이 새겨진

한 뼘 폭의 흰색 천이 바람에 이리저리 나부끼고 있었다.

자리에 누운 노보금은 두 손을 포개 심장 위에 올렸다. 어릴 때부터 기가 세다는 말을 들었는데, 남자로 태어나야 했다는 헛소리도 종종 들었는데. 이제는 그저 심약하고 까다로운 늙은이가 된 게 아닐까. 어두운 방에서는 나무 그림자가 괴한으로 보였다. 누군가 옥상에 말아 둔 돗자리가 취객으로 보였다. 오늘은 나이 차가 반백 년은 날 만한 아이들에게도 소스라치게 놀랐고 펄럭이는 태극기가 고양이로 보였다.

몸을 틀어 현관문을 보던 노보금은 실소를 흘렸다. 이사일 이튿날, 문에 부착해둔 천이 왼쪽으로 30도 정도 기울어져 있었다. 천에는 부직포를 오려 만든 네 글자가 아직 붙어 있었다. '보금자리'. 글자에 붙은 먼지와 보풀을 떼야 한다는 사실은 언제나 출근을 앞둔 시간에만 떠올랐다. 영청에 올 때 품은 작은 희망과 염원. 그건 얼마나 작아졌나. 앞으로 얼마나 더 삭아갈까.

노보금의 자리, 새로운 내 자리. 보금자리 네 글자는 누구에게 말한 적은 없어도 창피한 조어가 아니었다. 거기엔 자기 여생에 대한 은은한 결의가 깔려 있었다. 맑고 시린 겨울 하늘처럼 나이 들기. 폐를 끼치지 않고 단정하게 늙기. 고집을 굽힐 줄 아는 노인이 되기. 셋 중 이룬 건 아직 하나도 없었다. 보폭과 시야는 나날이 좁아졌고 심신은 약한 압력에도 졸아들기 바빴다. 그러니 영역이 여기서 더 좁아질 순 없었다.

"시장, 시장에 나가자."

두 발로 이불을 박찬 노보금이 허공에 혼잣말했다. 몸을 쓰면 불면증이 사라질지 몰랐다. 체력을 기르면 공포도 잡념도 줄어들 것이다. 새 자극에 대한 역치를 높이면 덤덤하고 의연한 인간에 좀더 가까워질 수 있다. 일주일에 딱 세 번. 광장에 간 다음 맨 뒤에 서면 된다.

*

"금이 언니, 손수건이랑 물병 보니까 오늘은 진짜 춤추러 왔구나. 생각 잘했어."

노보금의 팔짱을 낀 성만옥은 광장에 모인 여자들에게 그를 쉴 틈 없이 소개했다. 코미디 프로그램명도 코너명도 죄다 틀렸지만 노보금은 그걸 바로잡지 않았다.

"어이구, TV보다 낫네."

노보금의 얼굴을 기억하는 몇몇 여자는 이름을 잘못 말

하면서도 탄성을 질렀다. 노보금은 수업 15분 전 미리 광장에 온 걸 후회했다. 이럴 거면 정시에 도착하거나 뒷줄에 좀 늦게 끼는 편이 나았을 텐데.

"영청까지는 뭐 하러 왔대? 여기 뭐 할 게 있다고."

"여기서 살아? 저기 오금인가, 소금인가."

"아니, 그 이름이 아니야. 아까 뭐랬지?"

성만옥은 여자들을 향해 손을 휘젓고는 말했다.

"하여간 우리 나이엔 이름 알려줘도 다 까먹어. 가게 이름이 더 편해."

노보금은 자신과 동년배인 것처럼 구는 성만옥이 의아했지만 네 살 차이가 또 무슨 대수냐는 생각이 들었다. 앞으로도 성만옥에게 딱히 언니 노릇을 할 일은 없을 듯했다. 성만옥의 소개 방식에 따르면 모나코기타교습소 여자는 모나코, 예슬뷰티숍 여자는 예슬, 다나약국 여자는 다나로 통했다. 춤을 추러 나온 여자들은 주로 시장 근처의 소상공인이나 자영업자로 나이는 밝힐 생각이 없어 보였다. 언니 또는 자기, 두 호칭으로도 대화는 막힘이 없었다. 무대 단상에 오른 강사가 발목을 돌리며 물었다.

"거기 인기 있는 분은 누구예요? 오늘 새로 오셨나 보네."

앞줄의 여자들이 저마다 떠들었다.

"응, 연예인이야, 연예인."

"나는 우리 동네에 탤런트가 사는지 몰랐어."

"탤런트 아니고 코미디언. 개그맨."

"여자가 우먼 아니야? 뒤에 왜 맨이 붙어?"

"그려, 그렇구먼. 그렇구우먼."

한 여자가 말을 늘이자 주변 여자들이 눈을 흘기며 웃었다. 숨을 몰아쉬던 노보금이 가까스로 무리 뒤로 빠져나왔다. 말을 단번에 끊는, 몸이 울릴 정도의 음악이 반가웠다. 광장 판석 끝단에 선 노보금은 음악에 맞춰 몸을 흔드는 여자들을 지켜봤다. 다들 아까의 관심을 내팽개치고 무대 쪽만 바라봐서 다행이었다.

술에 취해가는 남자 서넛이 노보금처럼 광장의 여자들을 구경했다. 그들보다 더 취한 남자 무리는 무대 음악을 배경음 삼아 내기 윷놀이를 벌였다. 늘 보던 풍경인지, 여자들은 주변에 신경을 쓰지 않았다. 까강, 까가강. 윷이 담요 바깥 돌판에 튀는 큰 소리에도 개의치 않았다. 강사의 동작을 면밀하게 관찰한 노보금은 신중히 손과 발을 뻗기 시작했다. 오랜만의 춤이라 입가 근육이 덜덜 떨렸다. 핀조명 아래 선 듯 광장에서 춤을 추는 자신만이 크고 분명하게 느껴졌다. 시간이 멈춘 듯한 기분과 달리 해가 빠르게 저물어갔다. 노보금은 어둑해진 하늘빛이 고맙게 여겨졌다. 몸이 데워지자 앞사람들의 동작이 기이하고 우스꽝스럽다는 판단이 점점 흩어졌다. 이들에겐 정확한 동선을 따라 하는 것보다 몸을 움직인다는 행위가 우선인 것 같았다.

"처음 오신 분들은 여기 휴대폰 번호 적고 가세요. 우천 시에 미리 공지 보내드리거든요."

노보금은 이마의 땀을 미처 닦지도 못한 채 단상 앞으로 끌려갔다. 성만옥의 손아귀 힘이 너무 셌다.

"여기요, 여기. 새로 온 연예인. 우리 금이 언니."

강사가 두 손으로 내미는 서류철을 무대 바닥에 도로 내려놓을 순 없었다. 노보금은 볼펜을 쥐고 번호를 적었다. 영청에서 지내는 동안 일로 엮이지 않은 관계에서 처음으로 내보이는 연락처였다.

*

카페 만춘 앞엔 주차할 만한 자리가 없었다. 만춘에서 대각선 방향 경사로에 차를 세운 고지나는 가게 밖으로 나온 엄마와 아빠를 보고 눈을 크게 떴다. 둘이 다시 가까워지기라도 한 건가. 티도 안 내고 언제부터. 아빠 차에 타려는 엄마는 환한 미소를 짓고 있었다. 별거 중인 부모의 사이가 원만해졌다니 이상할 정도로 마음이 놓였다. 석 달째 사귀고 있는 남자친구에게 집안 사정에 대해 솔직히 말한 적이 없어서였다. 말하지 못하는 것은 그뿐이 아니었다. 졸립다, 배고프다, 화장실에 가고 싶다. 남자친구 앞에서 고지나는 아무 욕구가 없는 사람인 듯 굴었다. 자신도 이유를 알 수 없었다. 월경통이 있으니 다음에 만나자는 소리도, 어깨에 팔을 두르지 말란 부탁도 하기 어려웠다. 진통이 심한 날 남자친구가 어깨를 감싸면 목이 꺾여 상반신이 앞으로 쏠렸다. 그러면 손발이 더 차가워졌고 배가 뭉치는 것 같았다. 피가 샜을 수도 있으니 패드를 어서 갈아야 한다는 생각, 이 사람과는 전혀 안 맞는다는 판단이 수시로 들었다. 하지만 월경이 끝난 뒤 만나는 남자친구는 제법 상냥하고 따스한 사람으로 느껴졌다. 그가 뿜는 담배 연기에 숨쉬기가 갑갑해도 괜찮았다. 실내든 실외든, 길어봤자 1분 남짓이었다. 잘못은 불만을 그때그때 바로 말하지 못하거나 너무 늦게 말하는 자신에게 있는 게 분명했다.

아빠 차가 만춘 앞을 벗어나자, 고지나도 다시 운전대를 잡았다. 알은척은 이따 하고 싶었다. 둘이 외식이라도 하는 거면 밥을 사줄 생각이었다. 얼마 전 받은 아르바이트비로 효도 흉내를 낼 수 있었다. 차가 가볍게 나아갔다. 중고이긴 해도 면허를 빨리 딴 게 기특하다며 아빠가 선뜻 사준 차였다. 고지나는 카오디오 볼륨을 높였다. 아까 끊겼던 노래 후반부를 크게 듣고 싶었다.

"슬슬 이혼하고 재혼이라도 하려고?"

안전띠를 맨 성만옥은 남편의 물음에 한숨을 쉬었다.

"무슨. 일단 만나보는 거지. 이젠 덜컥 그런 거 안 해."

"나랑은 덜컥 했나 보네."

성만옥은 보조석에 뒤통수를 푹 묻었다. 두번째 남편에게 좋아하는 사람이 있다고 말한 건 한 달 전이었다. 그 뒤로 남편은 주말마다 자신과 짧은 드라이브를 했다. 카페 만춘의 단골이었던 애인이 영청 옆의 다른 시로 이사 가자, 그가 운영하는 자동차 정비소 근처까지 자신을 데려다주기 위해서였다. 차가 두번째 과속방지턱을 넘자 성만옥이 입술을 매만졌다. 이게 잘하는 짓일까. 아니, 잘못이라도 그게 대수인가.

4년 전 여름, 남편은 그들 부부가 꾸려가던 목재 공장에 불을 질렀다. 불은 주변으로 번져 나가지 않고 제자리에서 사그라들었다. 장작더미에 붙은 불씨가 커지기 전에 비가 내렸기 때문이다. 느슨해진 냄비 뚜껑 나사를 조일 드라이버를 찾기 위해 공장에 들렀던 성만옥은 남편을 보자마자 그대로 돌진해 그를 넘어뜨렸다. 후문을 통해 사무실에 들어가지 않았다면 남편을 발견하지 못했을 것이다. 사무실 문이 왜 열려 있는지, 개 목줄이 왜 풀려 있는지 의아했던 것도 잠시, 그가 벌이려던 짓을 똑똑히 본 성만옥은 사무실 문을 박차고 나가면서도 이 상황을 믿을 수 없었다.

"왜! 왜 그랬어? 도대체 왜!"

성만옥의 고함은 장대비 소리에 지워졌다. 빗속에선 화를 내든 화를 달래든 서로의 표정이 슬프게만 보였다. 그날 밤, 성만옥은 남편에게 따로 사는 게 어떠냐고 물었다. 결혼 생활에 미련이 없던 남편은 별거 제안을 순순히 받아들였다. 빗물에 젖은 두 사람의 머리카락은 천천히 말라가면서 볼품없이 푸석거렸다. 몸에서 물비린내가 났지만, 부부는 씻지 않고 각자 소파와 바닥에 누웠다. 성만옥은 그날을 생각하면 코끝에 비냄새가 스치는 것 같았다. 목줄이 왜 풀어졌는지 모른 채 사무실 소파에서 꼬리를 연신 흔들던 개가 떠올라 안압이 치솟았다. 누군가에게 흠씬 두드려 맞은 듯 전신이 얼얼했다. 수년 전의 사건이 어제 일처럼 또렷했다.

30분쯤 달렸을까. 아빠의 차가 낯선 동네 어귀에 섰다. 주변에 식당은 없는 것 같았다. 커다란 창고형 매장이 점점

이 자리 잡은 길목엔 중고 가구점, 식당용 설비 용품점 그리고 자동차 수리점 하나가 있을 뿐이었다. 부품에 문제가 생겼나. 밥 사기 전에 엔진오일부터 새로 갈아줄까. 시동을 끈 고지나는 피식 웃었다. 자신이 지갑을 열 때마다 대비되었던 둘의 표정이 떠올라서였다. 엄마는 반색하고 아빠는 질색했다. 곧 자신을 발견하고 놀랄 두 사람을 생각하니 다시 웃음이 새어 나왔다. 보조석 문을 열고 나온 엄마를 보고 고지나가 안전띠를 끌렀다. 그 순간 아빠의 차가 후진을 하더니 그대로 영영 멀어졌다. 차에서 나온 사람은 둘이 아니라 하나였다. 고지나는 차 손잡이를 꽉 붙든 채 입을 벌렸다. 엄마가 다른 남자의 팔짱을 끼고 있었다.

*

국을 다 푼 마종은이 가장 늦게 자리에 앉았다. 아들, 며느리, 남편이 식탁에 함께 있어도 저녁 식사 자리는 적막하기만 했다. 영어 학원 강사인 아들과 고등학교 국어 교사인 며느리와 교도소장인 남편은 늘 바빴다. 학원, 학교, 교도소의 위치는 제각각이라 셋의 귀가 시간도 제각각이었다. 그나마 오늘은 모두 약속이 없는 날이었다. 2층에서 지내는 아들과 며느리는 이런 날에도 벌을 받는 듯한 표정으로 계단을 내려왔다. 해가 갈수록 말수가 줄어드는 남편은 계단 쪽을 쳐다보지도 않았다. 그래, 다들 생활비만 주면 끝난 거지? 그런데 당신들이 무슨 투숙객이야? 마종은은 혹여라도 가시 박힌 말이 튀어나올까 봐 입가를 매만지며 가족들을 훑어봤다. 며느리 유구희는 북엇국을 휘저을 뿐 밥을 잘 뜨지 않았다. 그 모습을 보자니 부아가 치밀었다.

"왜 안 먹니? 맛이 없어?"

"죄송한데 점심에도 학교에서 북엇국을 먹어서요."

마종은의 눈두덩이 파르르 떨렸다. 남편과 아들은 유구희의 대답에도 아랑곳하지 않고 식사를 이어갔다. 이럴 때마다 마종은은 미국 유학 생활을 중도에 접고 결혼한 아들이 원망스러웠다. 들쭉 모임원 하나가 편두통이 올 만큼 손녀 자랑을 오래 한 날이었다. 학예회에서 엉성한 동세로 발레를 하는 아이 영상을 대체 몇 개나 본지 몰랐다. 죄다 엇비슷한 모습인데 상대의 눈엔 하나하나가 극심하게 다른 듯했다. 발레뿐인가. 태권도, 피아노, 종이접기, 클라이밍. 아이들은 끊임없이 뭔가를 배웠고 모임원들은 그들의 모습을 끊임없이 보여줬다. 콩비지찌개를 푹푹 떠먹는 손자가 기특하다며 눈물을 훔치는 여자를 달랬던 날은 그만 좀 하란 소리가 목젖까지 차올랐다. 모임 들쭉을 이끄는 동안 빈번히 벌어지는 일이었다.

들쭉은 에코페미니즘 계열의 비영리 여성 단체이자 지역 커뮤니티로 자연과 모성을 삶의 최우선 가치로 두고 있었다. 들쭉이 하는 일은 많았다. 여성주의 세미나 개최, 여성 작가와의 만남 기획, 환경주의 독서 모임 운영, 감각 일깨우기 워크숍 진행. 분기별, 특히 봄과 가을에 외부 강사를 초빙하면 영청시의 지원을 받기 수월했다. 기획서에 '지역사회 공헌' '소외 계층과의 연대' '배움과 실천' '나눔'이라는 단어를 끼워 넣는 것은 공공사업 응모에 있어 기본 중의 기본이었다. 마종은은 이제 그런 문서라면 눈 감고도 쓸 수 있었다. 여름과 겨울엔 학술 쪽과 다소 거리가 있는 활동이 이어졌다. 호흡법 단련, 영성 수련, 타로 카드로 마음 읽기, 트라우마 상담, 디지털 디톡스 체험, 농산물 협동조합과 로컬 업체 탐방, 제철 과일로 청 담기, 리사이클링 물건 만들기, 천연 수세미 뜨기.

모임원이 들고 나도 마종은은 항상 자기 자리를 지켰다. 그는 들쭉의 관리와 홍보를 7년째 맡고 있었다. 까다로운 일부터 자질구레한 일까지 모조리 발품이 들고 신경이 쓰이는 직책이었다. 그런데도 대표 자리는 온전히 편안하게 느껴지지 않았다. 언제나 다리 높이가 맞지 않는 의자에 앉은 기분, 짧고 따가운 털 하나가 박힌 티셔츠를 입은 느낌이었다. 모성애에 관한 세미나를 열 때면 입가에 경련이 일었다. 손녀도 손주도 없는 자신에게 심각한 결함이 있는 것처럼 여겨졌기 때문이다. 해마다 가족이 늘어나는 모임원들의 몸에서 가지와 뿌리가 풍성히 뻗어나가는 것 같다면, 자신은 벌목된 나무처럼 밑동만 남은 것 같았다.

아들 내외가 결혼을 서두를 때는 당연히 혼전 임신 소식을 듣겠구나 싶었는데 그렇지 않았다. 마종은은 아들에게 들었던 말을 또렷하게 기억했다. 유구희는 아들의 유학이 끝날 때까지 한국에서 혼자 기다릴 생각이 없다고 했다. 서로가 가장 좋은 결정을 할 때까지 시간을 갖자고 제안했다. 헤어지는 게 꼭 나쁜 일이 아닐 거란 전망도 내어놓았다. 여유가 있는 쪽, 울지 않고 우는 사람을 달래는 상대, 그러니까 갑은 유구희였다. 유구희에게서 기한을 받아 든 아들은 유학 생활을 이어가는 대신 귀국해 결혼하기를 택했다. 얼빠진 놈, 복을 스스로 차는 놈, 여자에게 휘둘려 꿈을 접은 놈. 마종은은 아들의 뒤통수를 볼 때마다 열에 네 번 정도 속으로 그런 말을 이죽거렸다.

"왜, 엄마. 무슨 할 말 있어? 와이 아 유 소 시리어스?"

국을 다 비운 아들이 배를 문지르며 물었다. 저놈의 자투리 영어. 말끝마다 괜한 영어를 붙이는 그의 버릇은 이제 지적하기도 귀찮았다. 누가 보면 미국에서 태어난 줄 알겠지만, 아들의 미국 유학 기간은 2년이 채 되지 않았다. 마종은은 빙긋이 웃으며 고개를 저었다.

*

"뭘 이렇게 사 왔어? 그냥 좀 오지."

천혜향 상자를 받아든 노보금이 탄식조로 말했다.

"너 줄 거 아직도 차에 더 있거든? 석류랑 망고랑 멜론."

현관에서 모자와 선글라스를 벗은 차소원이 트렁크 쪽으로 고갯짓했다. 얼굴을 드러냈으니 이제 네가 나가보라는 뜻이었다. 어딘가 상기된 그의 모습을 보니 추석을 어떻게 보냈느냐고 묻지 않는 게 좋을 것 같았다. 차소원은 자기 일을 하면서도 시가의 호출에 늘 바삐 움직였다. 노보금이 보기에 그의 시가 쪽 요청은 과도할 때가 많았지만, 차소원은 건조하고 차분한 말투로 노보금의 비판을 조곤조곤 반박하곤 했다. 세상엔 공짜가 없다는 말은 접속사가 된 지 오래였고 집안에 교수들이 즐비한 시가에서 이래라저

래라 할 때는 그만한 이유가 있는 거란 설명을 덧붙인 적도 허다했다. 하지만 노보금은 차소원이 상처를 받을 때마다, 울화가 치밀 때마다 선물을 한 보따리 들고 자신에게 찾아온다는 사실을 알고 있었다. 발에 챈다는 둥 남아돈다는 둥 흰소리를 늘어놓았지만, 그가 그간 내어준 것 중 싸고 흔한 선물은 없었다.

"고맙다, 소원아. 근데 나 이거 혼자 다 못 먹을 것 같은데, 이웃들하고 나눠도 될까?"

"그러든가. 썩어서 내다 버리는 것보단 낫겠지. 마음대로 해."

코미디언 공채 동기인 차소원은 여전히 방송 활동이 왕성했다. 예능 프로그램은 물론 드라마에도 자주 출연했다. 화내는 시어머니, 화내는 재벌, 화내는 상사. 주로 주인공에게 과격하고 혹독한 방식으로 시련을 주는 역이었다. 극에서 차소원이 연기하는 이들은 자기 삶 대신 주인공의 삶을 궁금해했다. 눈에 안 띈다는 것이 말이 안 되게. 노골적으로 종일 염탐하면서. 잠이 들기 전부터 잠에서 깨기까지 누군가를 고꾸라뜨리기 위해서만 사는 사람은 세상에 없는데도 불구하고. 중노년 여성들을 타깃으로 삼아 그런 드라마를 제작하는 이들에게 노보금은 진지하게 묻고 싶은 적이 많았다. 당신들은 주 시청자층을 모독하는 거냐고, 위로하는 거냐고.

어느 저녁, 미용실에 머리카락을 자르러 간 노보금은 동네 여자들과 함께 TV를 보다 놀란 적이 있었다. 극 중에서 차소원이 맡은 의류 회사 이사 왕 여사는 말단 직원인 이십대 여성의 앞길을 망치려 들었고 그가 연기하는 중년 여성의 성격은 으스스할 정도로 평면적이었다. 얼마 후 왕 여사가 이십대 여성의 애인에게 호되게 응징을 당했다. 이십대 여성의 애인은 라이벌 의류 회사 사장의 아들이었고, 그는 그 사실을 비기와도 같이 숨기고 있었기에 더 당당하게 말했다.

여사님은 나이를 헛드셨군요. 어떻게 한참 어린 여자를 그렇게 괴롭힙니까? 같은 여자 아녜요? 볼썽사나워요. 더는 노욕 부리지 마시죠.

남자 배우의 쩌렁쩌렁한 목소리에 노보금의 어깨가 움츠러들었다. 유치하고 원색적인 대사였지만, 그래서 더 공격적이었다. 멸시에 찬 표정은 묘하게 자연스러워 연기처럼 보이지도 않았다.

"목 펴세요. 머리 드시고요."

노보금은 미용실 거울 속에 비친 여자들을 한 명 한 명

훑어볼 수밖에 없었다. 여자들은 크게 망신당하는 차소원을 보며 소리 내 웃고 있었다. 믿을 수 없는 광경이었다. 노보금은 그곳에서 자기 혼자 심각한 표정을 짓고 있다는 사실을 깨달았다. 한낱 연속극. 고달픈 하루 끝의 오락거리. 여기에 엄혹한 잣대를 들이대는 건 야박한 짓 아닌가. 존중한다. 존중하지 않는다. 어쩌면 두 개의 길만 떠올린 게 잘못인지 몰랐다. 여자들은 존중받지 않으면서도 위로받을 수 있었다. 존중받으면서도 위로받지 못할 수 있었다.

찻물을 올린 노보금은 식탁 위에 있던 쑥떡을 팬에 올렸다. 그날 이후 머리카락은 스스로 잘랐지만, 생각해보면 자신 역시 푸대접을 받을 때마다 화가 나는 건 아니었다. 식목일이나 축제 기간, 시장과 공무원 들이 숲에 몰려오면 동료들과 함께 산에 숨어야 할 때가 있었다. 소위 높으신 분들이 단체 사진을 다 찍을 때까지 카메라 렌즈에 공공 근로자들의 모습이 잡히면 안 되는 까닭이었다. 간부들은 근로자들이 벌목한 나무 앞에서 톱을 들고 괴상한 미소를 지었다. 참나무 뒤에 몸을 웅크린 채 공무원 무리를 엿보던 노보금은 이 정도의 굴욕감은 넘길 만하다고, 이런 인내 역시 수당에 포함된 노동이라고 여기곤 했다. 사람 사는 게 다 똑같다는 말을 좋아하지 않았지만, 살다 보면 인생의 국면 국면이 자의든 타의든 남들과 비슷해진다는 사실을 부정할 수 없었다. 차소원이 중년 여성을 비하하는 세상에 일조하고 있다면 자신은 중년 노동자를 비하하는 세상에 일조하는 셈이었다. 그러니 그가 공범이라면 나도 공범 아닌가.

"내 드라마 잘 모니터하고 있어?"

차소원이 눈을 흘기며 물었다. 자신이 여기까지 왔는데도 딴생각에 빠져 있는 노보금을 질책한다는 듯한 시선이었다.

"이번엔 미술관장 역이던데?"

드라마를 챙겨보지 못했던 노보금은 기사로만 차소원의 소식을 접한 터였다.

"내가 그 캐릭터에 우리 역사를 넣었지. 감독한테 갤러리 관장이 화날 때마다 머리카락을 쥐어서 위로 잡아 올리면 어떠냐니까 좋다더라고. 있잖아. 우리가 만든 코너에서 하던 동작."

'우리'라는 말에 노보금이 희미하게 웃었다. 부아가 치밀어 오르면 양손으로 머리카락을 들어 올리는 동작은 자신이 만들었다. 하지만 함께한 코너이니 당연히 함께 나눌 수 있었다. 따져보면 특별하지도 독창적이지도 않은 몸짓이었다. 미술계, 좁게는 만화 기법에서 주로 쓰이는 용어 데

포르메. 대상의 개성을 쉽고 빠르게 강조하기 위한 과장과 변형. 그뿐이었다. 따뜻해진 떡과 차를 식탁에 둔 노보금이 말했다.

"이것 좀 들어. 너 오는 줄도 모르고 떡 사 왔는데 잘됐네. 여기 먹을 만해."

"너나 많이 드셔. 나는 당이며 탄수화물이며 피해야 해서. 얼굴 조금만 부어도 화면 보기 끔찍해."

"무슨 소리야. 화면에 잘만 나와."

"립 서비스는 됐고요. 나 찻잔 바꿔도 되지? 색이 왜 이렇게 우중충해. 얘, 나이 들수록 곱고 화사한 물건을 가까이 둬야 한다. 안 그러면 사람 꼴이 줄줄 흘러내려. 풍진 세월을 왜 온몸으로 받니? 괜히 돌격하지 말고 좀 요리조리 피해 가야지."

부엌 찬장을 열어 직접 잔을 골라 온 차소원은 의자에 앉자마자 방송계 비화를 늘어놓기 시작했다. 대부분 불만과 험담. 치가 떨리게 계산적인 작자들이 가식적인 태도로 서로를 음해한다는, 전혀 새롭지 않은 서사였다. 늘 그랬듯 방송계 얘기 다음엔 시가 얘기가 나올 것이다. 노보금은 고개를 간신히 끄덕일 뿐 맞장구칠 수 없었다. 중간엔 몸을 틀어 입을 가려야 했다. 하품이 연거푸 나왔기 때문이다.

"내 말 듣고 있어? 너 오늘 이상하다? 나사 하나가 풀린 것 같아."

노보금은 어느 순간부터 춤 순서를 떠올리고 있었다. 차소원의 얘기에 집중할 수 없었다. 멋대로 와서 멋대로 떠드는 친구의 말을 끊고 시장으로 어서 걸어 나가고 싶었다. 얼마 있으면 수업 시간이었다. 차소원이 눈을 크게 뜨고 자신을 바라보자 참으려던 말이 튀어나왔다.

"소원아, 먼 길 왔는데 어쩌지? 오늘은 내가 약속이 있어서 집에 오래 못 있어."

"약속? 이런 데서 누굴 만나고 다니는데?"

노보금은 시장에 춤을 추러 나간다는 말을 꺼낼 수 없었다. 차소원이 폭소를 터뜨릴 것 같았다. 어쩌다 그 지경까지 갔느냐고, 무대가 그리우면 방송국으로 돌아오라는 소리를 듣게 될지도 몰랐다. 머뭇거리는 그를 등지고 외투를 집어 든 차소원이 말했다.

"우리 보금이가 늘그막에 연애라도 하나 보네."

"아니야. 그런 거."

"그래, 불청객은 이제 가봐야겠다. 나도 저녁 미팅이 있어. 차만 안 막히면 머리에 피도 안 마른 스태프들보다 일찍 도착하겠는데?"

“미안해, 소원아. 다음엔 전화 주고 와.”

“우리 사이에 무슨 전화? 그리고 나, 너 말고 영청 구경하러 오는 건데? 좋은 공기 마시고, 산 풍경 감상하고.”

이런 데서? 노보금은 아까의 말을 되돌려주고 싶었지만, 농담하기 좋은 때가 아니었다. 길을 돌아 나가는 차소원의 차가 작은 점처럼 보일 때쯤, 노보금이 서둘러 손수건과 물병을 챙겼다. 선물 받은 과일도 묵힐 것 없이 지금 챙기는 게 좋을 것 같았다. 문을 나선 그가 잰걸음으로 골목을 벗어났다. 입을 닫고 몸을 흔들고 싶었다. 광장 뒤편에 있으면 곤두섰던 의식이 부드러워지곤 했다. 열기와 땀으로 축축해진 의식은 허공 어딘가로, 질서도 방향도 없이 하나둘 흩어졌다. 동작 다음에 이어지는 동작. 노보금은 저녁에 생각할 거리가 그뿐인 것이 좋았다.

*

흐리고 포근한 가을 저녁, 광장에 모인 여자들이 노보금이 가져온 과일을 가방 안에 바삐 넣었다.

“금이는 이 비싼 걸 어디서 받았대?”

“아, 차소원 배우 아시죠? 그 친구가 같이 나눠 먹으라고

줬어요."

"차소원이? 그 재수탱이 여자? 아니다. 이제 귀한 과일 받아먹었으니 뭐라 하면 안 되겠네."

마종은과 성만옥을 차례로 보던 누군가 물었다.

"은이, 옥이는 왜 안 챙겨?"

안 그래도 그간 노보금에게 받은 선물이 많다고 자랑하려던 성만옥이 고개를 가로저었다. 고기능성 화장품 세트와 천연 샴푸 얘기를 꺼냈다간 질시만 살 것 같았다.

"아이고, 집에 사과랑 배랑 굴러다녀. 은이 언니도 집에 들어온 선물이 얼마나 많겠어? 이 언니 식구들이요. 소장님, 강사, 교사잖아."

"에라이, 또 그 소리. 만옥아, 지겹다."

"좋겠네. 아주 명절 쇠면 집이 과수원이겠어."

노보금은 마종은과 성만옥이 과일을 챙기지 않는 이유를 짐작할 수 있었다. 우리는 괜찮으니 이참에 다른 여자들과 가까워지라는, 선심을 얻어 더 친해지라는 뜻 같았다.

"이게 뭐야?"

하늘을 올려보던 여자들이 주위를 두리번거렸다. 정수리와 손바닥으로 굵은 빗방울이 하나둘 떨어지고 있었기 때문이다. 무대 밖에 늘어진 전선을 안쪽으로 밀어 넣은 강사가 마이크 없이 외쳤다.

“오늘은 그냥 돌아가셔야겠어요. 아까까지 비 소식은 없었는데.”

“어쩐지 삭신이 쑤시더라니. 다들 집에 가서 남편이랑 파전이나 부쳐 먹어.”

“아이고, 그 맛있는 걸 왜 남편이랑 먹어?”

누군가의 대꾸에 여자들이 허리를 굽히고 웃었다. 노보금은 반사적으로 입꼬리를 비틀었다. 그가 싫어하는 콩트 패턴이었다. 확고부동한 세상에 실금 하나도 내지 못하는, 뻔하고 무력한 형태의 코미디. 맛있는 걸 남편과 나눠 먹지 않겠다는 아내의 농담은 부부 사이의 오랜 권력 차이를 우회적으로 드러낸다. 좋은 걸 넘기지 않겠다는 각오는 그간 좋은 걸 빼앗겨왔다는 자각 이후에 생기기 때문이다. 부부로 지내면 안 되는 이들이 모종의 이유로 부부 관계를 지속해야 하는 건 비극이다. 하지만 이 비극이 끝나지 않는 이유란 더 비극이다. 아내는 불만을 당사자인 남편에게 전하는 대신 남편 아닌 이들에게 전한다. 뇌가 멍드는 기분이 들고 눈빛이 꺼지는 심정이 들어도 자신 처지를 끝내 해학으로 풀어낸다. 바다 깊은 곳에 사는 심해어들과 같이 자기 연민과 신변 비관이란 산호의 독에 몸을 부러 갖다 대며 통증에 적응한다. 견디지 않아도 될 걸 견딘다. 그러니 인고는 길어진다. 함께 있는 여자들이 웃으면 그걸로 금세 해소되니까. 정당한 분노와 저항심이 폭소로 바뀌고 마니까.

"정화야. 나는 그래서 내 말이 무슨 뜻인지 못 알아먹는 남자들, 여자들 옆에서 안 웃는 남자들을 보면 답답해."

노보금의 코미디 지론을 들은 동기 정화는 그게 설령 옳은 판단이어도 너무 차갑고 모진 태도라 평한 적이 있었다. 그런 대화도 오래전 일이었다. 아랫입술을 잘근잘근 깨물고 있는 노보금 앞으로 성만옥이 다가왔다. 마종은의 팔짱을 낀 채였다. 고개를 세차게 흔들어 정수리의 빗방울을 털어내는 성만옥은 똥똥한 박새처럼 보였다. 성만옥이 머리통을 더 흔들고는 말했다.

"언니, 평생교육원 체육관 안 가봤지? 거기 같이 가자."

마종은이 그의 말을 거들었다.

"좁긴 해도 실내라서 운동할 수 있어요. 저희는 갈 건데, 보금 씨는요?"

마종은의 어깨를 가볍게 떠민 성만옥이 말했다.

"아니, 둘이 아직도 말 안 놨어? 우리 금은옥 자매 이럴 거야?"

노보금은 심드렁하게 웃는 마종은을 흘깃거렸다. 말도

자세도 어딘가 자신을 밀어내는 듯한 투였다. 사과했어도 그날 그가 준 선물을 바로 남에게 건넨 건 분명히 경솔한 행동이었다. 노보금이 놀란 척 대꾸했다.

“아, 교육원 근처에 카페도 있댔지?”

“그래, 이 만옥이가 일하는 만춘. 대체 언제 올 거야? 언니는 만춘도 들쭉도 다 싫어?”

그 말에 호쾌한 척 웃어 보인 노보금이 성만옥과 마종은 사이를 비집고 들어가 두 사람의 팔짱을 꼈다. 이런 동작이 짐작보다 어렵지 않았다.

“말 놓을게. 만춘에서 차도 살게. 들쭉에서 과일청도 만들게.”

너스레를 떨던 노보금은 아직도 직업적인 습관이 몸에 밴 자신에게 흠칫 놀랐다. 스스럼없이 굴었지만, 진짜 기분보다 훨씬 들뜬 억양이 튀어나오고 말았다. 두피에 열이 오른 노보금이 두 눈을 질끈 감았다. 하지만 어쩔 수 없는 일 아닌가. 냉정하게 생각하면 영청에서 아무 연결고리 없이 홀로 살아갈 수 있다고 구는 건 오만한 짓이었다. 목욕 중에 쓰러지기라도 하면, 의식이 꺼지기 전에 재빨리 연락할 사람이 필요했다. 공공 근로 동료들은 근무 시간이 아니면 볼 일 없는 남자들이었고 차소원은 이곳 사람이 아니었다.

무엇보다 곁의 두 여자는 종교나 다단계 상품 구매를 권유하지 않았다. 이들은 그저 춤을 같이 추는 동행이었고 노보금에게 춤은 단순한 운동 이상의 환기구가 되어가고 있었다. 필기에 면접까지 치르려고 했던 거야? 동네 친구를 신중히 고르겠다고? 네가 무슨 자격으로? 노보금이 볼 안쪽 살을 세게 깨물고는 말했다.

"체육관 얼른 가보자. 운동 끝나면 만춘이랑 들쭉도 가보고."

누군가 자신의 허풍을 듣고 비웃지 않을까 싶었던 노보금이 뒤를 돌아봤다. 여자들은 없었고 텅 빈 무대는 어느 때보다 작아 보였다. 오래 내릴 것 같았던 비가 어느새 잦아들고 있었다. 시장 맞은편 대로에는 우산을 접은 학생들이 서로의 팔을 치며 깔깔거렸다. 학생들 뒤에는 보행기를 조심조심 미는 노인이 있었다. 보행기 뒤에는 노인의 속도에 맞춰 천천히 걷는 연인이 있었다.

"은이 언니, 금이 언니, 비 그쳤다. 우리 그냥 천변 따라서 쭉 걸을까?"

노보금이 숨을 짧게 내쉬고 말했다.

"그래, 종은이 너도 괜찮아?"

노보금의 물음에 마종은이 발끝에 힘을 주고 답했다.

"나도 괜찮지. 보금아."

*

금요일 저녁 도로는 부산했다. 마트에 진입해 차를 대기까지 수십 분이 걸렸다. 유구희는 뻑뻑한 눈을 비비며 남편을 따라 걸었다. 마종은은 대기업 마트를 탐탁지 않게 여겨 브랜드 제품을 거의 구매하지 않았지만, 그의 아들은 어머니의 신념을 우습고 답답하게 여겼다. 카트 안에 맥주와 안주들이 그득히 쌓여갔다.

"그만 사. 어머님이 싫어하실 텐데."

남편은 고개를 돌리지 않은 채 육포를 집어 카트에 던져 넣었다. 허리를 숙여 카트 속 물건들을 가지런히 정리한 유구희는 눈앞의 캐셔를 보고 숨을 들이마셨다.

"안녕하세요, 고객님. 오랜만이네요."

이 사람은 마트에서 책임감이 가장 투철한 직원이었다. 손님들이 어떤 말을 해도 항상 정중한 태도를 유지하는 모습은 몹시 경이로워 보이기도, 지나치게 고집스러워 보이기도 했다.

"네, 안녕하세요."

고개를 살짝 숙인 유구희는 캐셔의 인사를 곱씹었다. 오랜만이네요. 오랜만에 오시네요,가 아닌 오랜만에 뵙네요, 도 아닌 오랜만이네요.

이어지려는 생각을 접은 유구희는 배에 힘을 주고 허리를 폈다. 마주한 캐셔 앞에서 자신도 반듯해지고 싶었다. 흐트러지고 싶지 않았다. 어떤 여자들은, 어떤 시공간에서든 모든 걸 꼼꼼히 챙기려는 여자들은 상황 파악이 빠르고 맥락의 자장을 잘 느낀다. 그 성미를 하루아침에 거둘 수 없다. 해야 할 일은 바로 보이고, 신경이 쓰이는 순간 손발을 계속 움직여야 직성이 풀린다. 누가 더 민첩한가. 누가 더 세심한가. 누가 더 다감한가. 유구희는 이런 순간을 속으로 '배려 배틀'이라 불렀다.

"비바블루 두 갑."

담배 이름을 들은 캐셔가 계산대에서 나와 백 미터 정도 떨어진 비품 코너로 달려갔다. 입을 벌린 유구희가 눈썹 뼈를 만지작거렸다. 두 갑 뒤에 '주세요'라는 말이 나오지 않았다는 사실을 믿을 수 없었다. 아니, 들었지만 잊고 싶었다. 아까보다 빠른 속도로 달려온 캐셔가 차분한 기색으로 말했다.

"찾으시는 담배는 지금 없는데요. 길 건너 편의점엔 있을 거예요. 거기는 담배 종류가 더 다양하거든요."

캐셔를 멀뚱히 쳐다보던 남편이 휴대폰을 귀에 붙였다.

"여보세요? 닉?"

유구희는 태연히 전화를 받는 남편 모습에 놀랐다. 자신의 요청에 달려 나간 여자를 못 봤나. 왜 이 캐셔에게 답을 하지 않지?

"뭐라고? 아니, 잠깐 나왔어. 이츠 오케이."

유구희는 캐셔에게 대신 묵례했다. 캐셔도 유구희를 향해 묵례했다. 계산과 적립이 다 끝나자 캐셔가 그의 짐을 빠른 속도로 상자에 넣어줬다. 유구희가 말릴 새도 없이 정리는 끝이 났다. 다음 손님이 계산대에 우엉 묶음과 양파 꾸러미를 올려놓기 전까지 둘은 서로를 응시했다.

남편은 마트 밖에서도 통화를 한참 이어갔다. 끝나지 않을 듯한 통화가 끝나자 그의 행동을 지적하려던 유구희가 등을 돌린 채 도로를 쳐다봤다. 남편은 자신이 무슨 잘못을 했는지 인지하지 못할 것이다. 자신이 무엇을 모르는지조차 모를 것이다. 유구희는 무구한 사람에게 오류를 하나씩 이해시키기 위한 노동은 일절 하고 싶지 않았다. 그건 자신이 매일 학교에서 학생들에게 하는 일이었다.

영청의 밤과 낮은 미로 같은 거리를 헤매는 여자들의 차지였다. 배낭에 11만 2천 원어치 약을 채운 여자가 지팡이를 짚고 걸었다. 배와 등에 'Air Port'라고 씌어진 조끼를 입은 여자가 폐지를 주웠다. 토란 상자를 꽉 붙든 여자가 버스를 기다렸다. 집을 14년째 치우지 않은 여자가 옷더미 위에서 컵라면을 먹었다. 엄마의 혈압 수치를 바로 외운 여자가 간호사에게 숫자를 말했다. 화물차에서 내리려던 여자가 주차장 구석에 죽어 있는 쥐를 보고 몸을 덮어줄 수건을 꺼냈다. 우체국 안을 서성이던 여자가 탁상 위의 테이프 두 개를 훔쳐 쇼핑백에 넣었다. 딸의 전화를 받은 여자가 코다리찜 만드는 법을 한참 설명했다. 보험 가입을 앞둔 고객에게 늦는다는 문자를 받은 여자가 카페에서 짓무른 귤을 까먹었다. 계좌 번호를 잊은 여자가 은행 청원경찰에게 비밀번호를 네 번 외쳤다. 뜰에서 쑥을 태우던 여자가 밤하늘을 가로지르는 불빛을 올려봤다. 등산길에 뱀을 본 여자가 자리에 그대로 멈췄다. 종일 김밥 180줄을 만 여자가 가게 문을 닫고 울었다.

*

청악산을 뒤덮었던 단풍잎은 하루가 가기 무섭게 떨어

졌다. 산맥이 드러난 곳은 성난 맹수처럼 등허리가 한껏 굽어 있었다. 영청은 지역 자체보다 높고 험준한 청악산으로 널리 알려진 곳이었다. 지역 토박이들도 정상까지 오르는 일은 잘 없었다. 영청에 처음 발을 들인 사람들은 시야를 가득 채운 산자락에 입을 벌리곤 했다. 굽이치는 산세는 신화 속 용들처럼 멈춰 있어도 경주를 하는 것 같았다. 즐비하게 늘어선 고층 아파트도 청악산 아래서는 작은 펜션으로 보였다. 상공에 띄운 드론 렌즈로 보지 않더라도 장엄하고 압도적인 풍경이었다. 산 정상을 지켜보다 시선을 내리면 멀리 있는 사람이 가까이 있는 청설모와 구분되지 않았다.

노보금은 영청에서 착시 현상을 더 자주 겪었다. 아이들 같았던 노인들, 노인들 같았던 아이들. 멀리 보이는 모습과 가까이 보이는 모습이 완연히 달랐다. 각자의 고단을 이고 집을 나선 여자들은 멀리서 오종종한 솔방울이나 개암 열매로 보였다. 하지만 시장이 가까워질수록 이들의 걸음은 누구보다 빨라졌다. 무대 앞 광장의 여자들은 서로를 발견하자마자 앞니를 활짝 드러냈다. 중학생 무리가 자신들의 춤을 우스꽝스럽게 따라 할 때도, 취객들이 붉게 젖은 눈으로 자신들을 쏘아볼 때도 두렵지 않았다. 초조함보다 해방감이 훨씬 컸다.

추석 연휴가 끝난 뒤 이들 무리에 합류한 노보금은 이제 한결 평온한 심정으로 시장에 나올 수 있었다. 춤을 배운 지 40여 일 만에 마음이 살며시 열린 게 신기했다. 닫힌 줄 알았던 자신의 내부는 옅은 열기와 희미한 빛에도 분명히 반응했다. 마음은 흠칫 떨며 조금씩 부피를 넓혀갔다. 성만옥의 성화에 마종은과 말을 놓은 후로는 자리도 맨 뒤에서 한 줄 앞으로 옮겼다. 조금 겸연쩍지만, 강사의 동작을 눈에 더 잘 담기 위해서였다. 수업이 끝나면 여자들은 어려운 동작을 다시 배우기 위해 노보금을 찾았다. 그들은 구호를 외치면서, 눈을 가늘게 뜨면서, 고개를 갸웃거리면서 그가 가르쳐주는 분절 동작을 몇 번이고 따라 했다.

끝 곡에 맞춰 춤을 추던 노보금이 동작을 멈추고 눈을 껌뻑였다. 뒤에 빌라 3층 여자가 나와 있었기 때문이다. 그 옆엔 한 명이 더 있었다. 빌라에 찾아간 날, 자신의 미소에 이불 속으로 숨었던 여자. 여자의 얼굴 근육은 비틀려 있었지만, 표정이 말갛고 환했다. 여자가 자리에서 뛸 때마다 목에 걸린 휴대폰이 덩달아 흔들렸다.

"얘는 우리 딸인데 노래만 들리면 하도 나가자고 해서 오늘 처음 나와봤네요."

노보금의 시선을 느낀 3층 여자가 먼저 입을 열었다.

"그리고 저기, 그때 청 잘 먹었어요."

노보금이 손을 내저으며 미소를 지었다. 마음을 바꾼 3층 여자를 진심으로 반기고 있는데도, 사인을 받으러 온 팬에게 내보이던 헛웃음이 나오는 것 같았다. 여자의 딸이 휴대폰을 들어 춤추는 이들의 뒷모습을 화면에 담았다.

"얘가 TV에서 누가 춤만 추면 휴대폰 영상을 찍더라고요. 질리지도 않는지 맨날 봐요."

"아유, 진즉 나오시지. 바깥바람 쐬고 얼마나 좋아요."

어느새 다가온 성만옥이 대화에 끼어들었다. 성만옥 뒤의 마종은은 여자에게 허리를 깊이 숙여 인사했다. 기묘하게 과장된 동작이 광장 여자들의 주의를 끌었다. 화를 냈던 빌라 여자가 눈앞의 여자라는 걸 모르는 이들이 그들 주변에 모여들었다.

"금은옥 자매가 새로 영입하신 분이구먼."

"금이야, 은이야, 옥이야 하면서 잘 챙겨드려."

수업이 막 끝난 직후, 오토바이에서 내린 남자가 무대 구석에 박스 두 개를 옮겨놓았다. 강사가 의심스러운 눈길로 남자를 쳐다봤다.

"죄송한데요. 이게 다 뭐예요?"

"배달요. 여기 갖다 달라고 했는데."

"누가요? 여기 회원분이요?"

"그런가 보죠. 저는 몰라요."

강사가 끌러둔 마이크를 다시 차고 말했다.

"어머, 여러분. 가지 말고 무대 앞으로 좀 나와보세요. 어떤 귀인 분이 간식을 주셨네."

여자들이 절편과 막걸리를 받아 들었다. 간식을 먹는 중에도 간식을 제공한 사람을 찾아내려는 시도가 집요하게 이어졌다. 얼마 안 가 3층 여자가 거짓말을 관둔 뒤, 머리통을 끄덕이고 말았다. 간식을 주문한 자신이 빌라에서 고함을 쳤던 여자라는 사실을 이실직고하려던 순간, 성만옥이 그의 손을 잡고 윙크했다. 마종은이 들쭉의 천연 막걸리 수업을 열심히 소개하기 시작했다.

"그거 예전 거잖아. 재작년인가, 작년인가. 맛도 더럽게 없는 거. 이번에 또 하게? 술은 이제 안 만든다며?"

"아니, 막걸리 보니까 생각나서. 맞아. 술은 각자 그냥 사드셔."

무대를 차지한 여자들에게서 웃음소리가 끊이지 않았다. 성만옥, 마종은, 노보금도 떡을 베어 물고 술을 홀짝였다.

"셋이 붙어 다녀서 우애가 좋은가 봐. 신입까지 덥썩 데려오고."

"그럼, 우리 세 자매가 호적에만 이름을 안 올렸지."

성만옥의 말에 눈썹을 들어 올린 노보금과 마종은이 서로의 눈을 보고 피식 웃었다. 못 말리겠다는 말이 녹아 있는 웃음이었다. 노보금은 자신이 이런 교류를 무의식적으로 절실히 원하고 있었다는 사실을 깨닫고는 숨을 깊이 내쉬었다. 사람들에게 이렇게 기대면 큰일인데. 아니지, 사람이 아니라 분위기겠지. 그저 이런 계기. 노보금이 눈가를 매만지자 누군가 물었다.

"왜, 눈이 아파? 잠 못 잤어? 새빨간데?"

"아, 머리카락이 들어갔나 봐요."

"참 나, 내가 동생한테 전부터 한마디 하고 싶었다. 연예인 머리 꼴이 그게 뭐야? 우리 열일곱 살 손녀도 그렇겐 안 다녀. 얼기설기, 들쭉날쭉. 혼자 매일 피난길이야? 집에 쥐 길러? 삶 길러?"

성만옥이 삿대질하는 여자의 팔뚝에 기대 말했다.

"아이고, 귀 따갑다. 한마디 한다며? 언니 인품에 맞게 1절만 해. 돌림노래 부르지 말고."

누군가 떡을 내려놓고 분연히 일어섰다.

"내가 오늘 휴일인데, 손목도 아픈데, 저 언니 삐뚜름한 머리 꼴 보니까 신경질 나서 안 되겠어. 알지? 나는 다 참아도 털 안 예쁜 건 못 참아. 숱이 적든 많든."

"그래, 손목 아프다고 내일 가게 안 열 거야? 소처럼 일해야지."

여자들이 깔깔거렸다. 노보금이 손을 흔들 새도 없이 여자가 달려 나갔다. 광장 맞은편 미용실 불이 켜졌다. 자리에서 일어나려는 노보금을 여자들이 잡아 앉혔다.

"이 언니, 꿈쩍도 안 할 것 같아서 내가 보자기랑 가위랑 다 챙겨 왔어. 오늘까지만 공주놀이하고 다음엔 국물도 없어. 언니가 우리 미용실, 제 발로 걸어 들어와."

"아니, 보자 보자 하니까 미용실 동생이 은혜를 모르네. 자기가 언제 연예인 머리를 만져봤다고. 어? 가게 앞에 현수막 걸어야지."

광장 바닥으로 노보금의 머리카락이 톡톡 떨어졌다. 노보금은 자신을 둘러싼 여자들을 쳐다볼 수 없어 눈을 꼭 감았다. 마종은과 성만옥이 노보금의 볼과 코에 달라붙은 털을 떼어냈다.

*

마지막 수업을 기념하는 뒤풀이 자리는 조촐했다. 기깔

난 걸 먹자던 여자들은 결국 광장 평상에 둘러앉아 김밥을 나눠 먹었다. 분식집이 무대와 가까웠고, 가끔 춤을 추러 나오는 여자가 그곳 사장이었기 때문이다. 김밥을 다 삼킨 후 고개를 절레절레 젓던 성만옥이 말했다.

"난 이거 뒤풀이로 안 칠래. 만춘에서 진짜 제대로 좀 먹자. 뜨끈하게."

여자 몇몇이 난감한 얼굴로 성만옥을 쳐다봤다.

"이거 마셔. 뜨끈한 보리차. 가게에서 주전자째로 줬구만."

"나도 이거면 되는데. 다들 배 안 불러?"

성만옥의 설득에 자리를 옮긴 여자들은 강사를 포함해 여섯 명이었다. 카페 만춘의 정문 셔터는 내려간 지 오래였다. 성만옥은 주방에서 커다란 냄비를 들고 나왔다. 여자들은 앞다투어 움직였다. 누군가는 냄비를 놓을 받침대를 깔았고 누군가는 수저를 놓았고 누군가는 냉장고 앞에 섰다. 천으로 가려둔 선반 아래 김치와 소주가 있었다. 국수에서는 김이 펄펄 솟아올랐다. 강풍이 불자 나무 창틀이 덜덜 떨렸다.

노보금은 모나코, 다나, 예슬의 본명을 물어야 하는지 지금 이름 그대로 불러도 되는지 망설이는 중이었다. 세 사람의 얼굴을 자세히 본 건 오늘이 처음이었다. 하지만 질문하기엔 너무 오랜 시간이 흐른 것 아닌가.

남편과 함께 기타 교습소를 운영한다는 모나코는 악기를 다루는 사람치고 몸짓이 딱딱했다. 약사인 다나는 어딘가 병약한 인상이었다. 뷰티 숍 주인인 예슬은 미간을 찌푸리는 게 습관인 것 같았다. 아무래도 셋 다 직업을 잘못 고른 게 아닐까. 노보금의 머릿속으로 순식간에 코미디 무대가 펼쳐졌다. 어쩌다 자신 기질과 정반대인 직업을 가진 인물들로 대본을 짜면 흥미로울 것 같다는 생각이 스쳤다. 책을 싫어하는 작가, 털 알레르기가 있는 수의사, 내향적인 영업 사원이 차례로 떠올랐다. 그때 옆에 앉은 마종은이 나지막이 말을 걸었다.

"만춘엔 이제 와 보는 거지? 어때?"

노보금의 눈이 커졌다. 아직 들쭉에 가보지 못했다는 자각이 곧장 들었기 때문이다. 만춘이 어떤지 물은 거잖아. 들쭉에 오지 않은 걸 탓하는 게 아니고. 지레 넘겨짚지 말자. 다짐과 상관없이 턱 근육이 멋대로 움직이려던 순간, 다행히도 국수를 거의 비운 강사가 입을 열었다.

"지금까지 한 번도 빠진 적 없는 분들만 오셨네요. 보금님도 오신 이후로는 결석이 없었죠?"

여자들의 시선이 몰리자 당황한 노보금이 젓가락 하나를 떨어뜨렸다.

“선생님, 그럼 이제 연습은 어디서 해요? 그때처럼 중학교 무용실 빌려서?”

정식 수업이 없는 11월부터 여자들은 2월의 춤 발표를 위해 연습실에 모이곤 했다. 모나코, 다나, 예슬이 이런저런 계획을 늘어놓는 동안 귓불을 매만지던 강사가 말했다.

“죄송한데 이번엔 발표회가 좀 미뤄질 수도 있을 것 같아요. 담당자분이 영청에 무슨 큰 행사가 있다고 하더라고요. 저도 자세한 얘기는 아직 못 들었는데 약간 변동이 생길 듯해요.”

여자들이 서로의 얼굴을 쳐다보며 어깨를 들어 올렸다. 강사 잔에 술을 따른 모나코가 큰 목소리로 말했다.

“뭐 어떻게든 연락이 오겠죠. 공지 문자는 천천히 주세요. 그보다 선생님, 너무 고생 많으셨어요. 자, 건배!”

“선생님 술 못 드셔. 이제 들어가서 아이 보셔야 하잖아요. 초등학생 딸 둘이었나?”

다나의 말에 강사는 두 손으로 눈물 닦는 시늉을 했다.

“맞아요. 운전도 해야 하고. 어머, 시간 좀 봐.”

자리에서 일어난 강사가 목도리를 두르며 말했다.

"너무 잘 먹었습니다. 여기 못 치우고 가서 진짜 죄송해요. 그래도 우리 여사님들, 제 핑계 대고 오래 놀다 가세요."

만춘 후문에서 여자들의 배웅을 받던 강사는 운전석에 앉아서도 손을 연신 흔들었다. 차가 떠나기도 전에 예슬이 입을 작게 벌리고 말했다.

"아이고, 애들 엄마가 용쓴다. 우리 비위 맞추려고."

"우리가 무슨 자기 핑계를 대? 식구들은 우리가 집에 가도 몰라. 집에 안 가도 몰라."

모나코의 대꾸에 노보금을 뺀 모두가 싱겁게 웃었다. 자리에 돌아온 여자들은 누가 먼저랄 것도 없이 빈 그릇을 치우고 주방에 들어서서 안주를 더 만들어냈다. 저녁 시간이 지나서도 자리에서 일어나는 사람은 없었다. 노보금이 보기에 성만옥과 마종은은 이들과 있는 시간을 반기는 게 아니었다. 함께 춤을 춘다는 동지 의식이 강하게 느껴지지 않았다. 둘은 그저 뒤풀이 장소가 만춘이라 자리를 지키고 있는 듯했다. 성만옥은 뒤풀이 후 청소를 위해. 마종은은 그 일을 돕기 위해. 모나코, 다나, 예슬, 세 사람만 쉬지 않고 말을 이어가는 것만 봐도. 노보금은 조용히 가게 상호를 되뇌며 세 여자를 힐긋거렸다. 기타 교습소 모나코, 약사 다나, 뷰티 숍 예슬. 두어 번 반복하자 암기가 되었다. 얼굴이

불쾌해진 모나코가 말했다.

"강사가 아까 말한 행사, 나는 알 것 같다. 남편이 기타 배우는 공무원한테 들었는데 여기서 여자들 대상으로 무슨 의료 사업인지 시술인지를 벌인다더라고."

예슬이 모나코의 어깨를 붙잡고 물었다.

"그게 뭔데? 미용 시술이면 나 이제 길에 나앉는 거야? 내 뷰티 숍 어떡해."

"아니, 미용 아니고 의료래. 무슨 국제 임상 연구인가. 국제 연구 임상인가. 신소재 뭐시기로 수술을 하는데 여자들 혈관이랑 관절을 튼튼하게 만들어준대."

이 사이에 낀 부추를 힘겹게 빼낸 다나가 손을 내저으며 대꾸했다.

"아, 그거 요새 뉴스에 나오잖아. 근데 척 봐도 수상해. 피랑 뼈를 싹 고쳐준다니 주술이야, 마술이야? 무슨 이상한 사기겠지. 이 양반들이 그걸 믿어?"

예슬이 고개를 젓고 대꾸했다.

"에이, 모나코 남편이 공무원한테 들었다잖아. 몸 좋아지는 수술이면 얼마가 됐든 대출 받아야지. 그거 시에서 어느 정도는 보태주지 않을까?"

노보금은 여자들의 자의적인 해석과 성급한 판단에 사

못 놀라는 중이었다. 자신처럼 뜨뜻미지근한 표정을 짓고 있던 마종은은 말이 없었다. 꼬막을 집다 놓쳐 바닥에 떨어뜨린 성만옥은 얼굴을 찌푸렸다. 남편에게서 물어 온 정보로 관심을 끈 모나코가 짐짓 거센 동작을 곁들여 말했다.

"나 살 빼는 주사 맞고도 얼마나 고생했는데. 다나 언니도 그때 내가 약국 출근 도장 찍은 거 알지? 종일 멍하고 어지럽고. 아우, 말을 마. 주사도 그 지경인데 수술을 어떻게 받아."

다나가 모나코의 등을 한 번 치고 말했다.

"난 자기 계속 헛구역질 한다길래 늦둥이 보나 했지."

"어머나, 무슨 소리야. 우리 남편 거실에서 잔 지 20년은 됐거든."

"별소릴 다 해. 난 자기들 어디서 자는지 안 물어봤거든요."

세 여자의 관심사는 정체불명의 의료 사업에서 뻔한 부부 관계로 빠르게 넘어갔다. 냉장고에서 술을 한 병 더 꺼내 온 모나코가 뭔가를 작심한 표정으로 말했다.

"나는 남편이 다른 여자들이랑 한 번씩 가볍게 만나는 건 괜찮아. 한 여자를 두 번 이상 만나는 건 안 되지만."

숟가락으로 묵을 들어 올리려던 노보금이 동작을 멈췄다. 모나코 남편의 외도는 자신 빼고 모두가 아는 사실인 듯했다. 다나가 대꾸했다.

"한 번은 되는데, 두 번은 안 된다는 거지? 그러니까 잠만 자면 상관없다?"

"그렇지. 잠이야 잘 수 있는데, 연애는 안 돼."

예슬이 고개를 끄덕이자 성만옥이 팔짱을 끼고 말했다.

"왜? 난 연애가 낫다고 봐."

모나코가 콧잔등을 찡그리며 물었다.

"자기야, 그 꼴을 어떻게 참아?"

성만옥이 인중을 긁고는 말했다.

"잠만 잔다는 건 사람을 사람으로 안 보는 거잖아. 난 사람을 그렇게 대하는 놈은 곁에 두기 싫어."

"남편이 딴 여자랑 사랑놀이에 흐느적대는 게 낫다고? 막 눈 마주치고 손 스치고 그러면서 떨고. 으으, 그게 더 나아? 이렇게? 응?"

모나코와 다나가 서로의 몸을 바짝 붙이고는 웃어댔다. 두 사람이 깍지 낀 손을 들어 흔들자 성만옥이 대답했다.

"차라리 사랑하는 게 낫지. 진짜 사랑을 하는 게 낫지. 인간을 인간으로 대해야지 왜 몸뚱어리로 대하냐고. 사람을 어떻게 잠자리 상대로 생각해? 그런 자식은 친구로도 애인으로도 남편으로도 두기 싫어, 난."

성만옥을 쳐다보던 노보금이 움찔거리던 입을 열었다. 말을 거들지 않으면 밤새 후회가 일 것 같았다.

"나도 만옥이 말이 맞는 것 같아. 정말로 감정을 갖고 존중하는 게 훨씬 나아. 편지도 쓰고 선물도 고르고. 보고 싶은 영화, 가고 싶은 식당이 있는지 묻고. 잘 잤냐고 밥 먹었냐고 인사하고. 그게 인간이지. 좋아하는 사람한테 정성과 성의를 들이는 게 사람이지."

술을 비우고 입술을 샐쭉대던 모나코가 말했다.

"이 언니 진짜 코미디언 맞네. 남편도 없으면서 그 심정을 어떻게 알아? 아, 집에 가끔 오는 애인이 있나?"

자기 말에 웃는 사람은 모나코뿐이었다. 헛기침을 한 예슬이 다시 입을 열었다. 턱이 조금 들린 자세였다.

"만옥아, 그래서 너는 남편을 내버려두고 연애하는 거야? 그 카센터 남자랑?"

카페는 정적에 휩싸였다. 모나코, 다나, 예슬이 차례차례 술잔을 비웠다. 성만옥은 대꾸 없이 소주잔을 거꾸로 뒤집었다.

"진짜구나. 우리 남편이 봤다는데 잘못 봤겠지, 사촌 오빠겠지 싶었는데 아니네."

예슬이 성만옥을 비스듬히 보며 말했다. 표정은 부드럽

고 온화했다.

"성만옥이가 겁도 없이 그렇게 대단한 사랑을 하는구나. 아이고, 두번째 남편 재끼고. 아이고, 한 번만 자는 게 아니고."

자리에서 일어난 마종은이 코트를 집어 들었다.

"저기, 아들이 마중 나온다고 했는데 깜빡하고 있었네. 나는 먼저 가볼게."

정문 쪽으로 걸어가는 마종은에게 다나가 소리쳤다.

"거기 셔터 내렸잖아. 후문으로 가야지. 화장실 뒤에."

마종은이 서둘러 만춘을 빠져나왔다. 코트 자락을 계속 놓치는 바람에 한쪽 팔이 추웠다. 간신히 겉옷을 입은 마종은이 몸을 부르르 떨었다. 성만옥이 그토록 뻔뻔한 짓을 하고 다닐 줄은, 자신에게 그 사실을 감쪽같이 숨겼을 줄은 꿈에도 몰랐다.

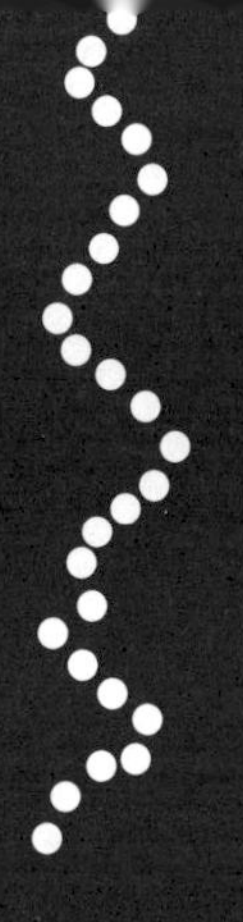

2부
테이크

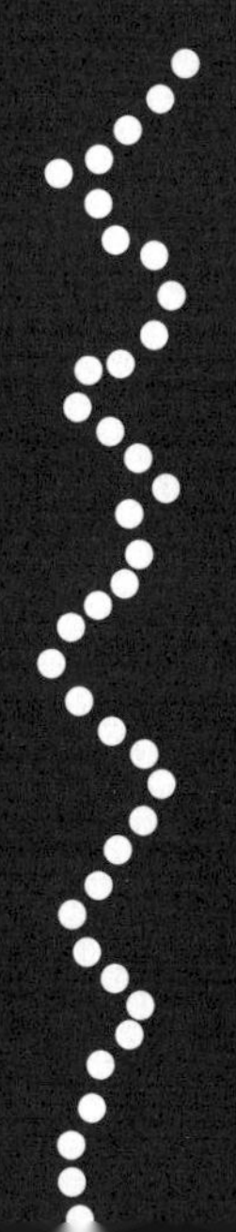

모나코가 남편에게 들은 얘기는 사실이었다. 11월이 되자 영청시 곳곳에 현수막이 나부꼈다. 광장, 교차로, 주민센터 전광판으로 연일 광고가 흘러나왔다. 슬로건 밑을 지나가는 주민들은 로또 판매점 앞을 지나가는 비둘기 떼처럼 글귀에 아무 관심이 없어 보였다. 이따금 개와 산책하던 여자, 러닝을 멈추고 허리에 손을 올린 여자, 카 시트에서 곤히 잠든 아이를 바라보던 여자, 전동 휠체어를 몰던 여자가 고개를 들어 화면을 오래 바라봤다.

레이디스, 테이크 유어 타임! 당신에게 에버그린을 선사합니다. 새로운 피와 뼈로 다시 태어나세요. 오늘보다 더 젊어지세요.

레이디스, 테이크 유어 타임. 약칭 레테타 사업 설명회 전단엔 더 자세한 내용이 들어 있었다.

- 중노년 여성 신체에 최적화한 자연 성분 호르몬 치료와 최신 나노봇 수술
- 완경 이후 혈관과 관절 건강 개선 효과
- 면밀한 추적 검사와 전문 의료진의 협진 집중 케어
- 전국 농어촌 지역 74개 지자체 중 무료 임상 시험 첫 시범지로 선정
- 영청시 거주 18개월 이상의 만 65~75세 여성 100명 모집
- 최장 10년 이내 상용화 목표
- 미국 식품 의약국 FDA 승인

레테타는 영청의 한 재활의학과 교수가 국제 교류 기간 중 일본으로 가 그쪽 연구 팀과 협업해 이뤄낸 성과였다. 하지만 국가 간 분쟁과 언론전이 점화될 기미는 처음부터 없었다. 레테타가 레테타로 명명될 때까지, 주된 핵심 연구가 한국인 교수의 것이라는 사실을 누구도 부정할 수 없었기 때문이다. 긴장한 양국 관계자들의 짐작과 달리 연구 팀 내 인간관계는 돈독했고, 기술은 부차적인 문제들을 제하

면 한국인 교수가 거의 주도한 까닭도 있었다.

영청 토박이였던 교수는 평생 일본에 머물려던 생각을 바꿔 고령화 도시이자 고향인 영청에서 후속 임상 연구를 이어가기로 결심했다. 영청대병원 재활의학과 연구 팀과 사업이 진행될 영청의료원은 퇴직을 앞뒀던 그 교수와 교수가 끌어온 엄청난 연구 자금을 기꺼이 환대했다. 물론 크고 작은 분쟁은 있었다. 최초의 업적을 누구의 공으로 특정할지에 대한 논란, 동물실험에 대한 윤리성 논란, 레테타가 가져올 사회적 위화감에 대한 논란이 차례로 일었다.

다음 통과의례도 속속 진행되었다. 교수에 대한 사상 검증과 개인사 검열, 연구 비용 출처와 배후 및 대학 운영권에 대한 의심, 다른 뉴스에 밀려 단신으로 보도되긴 해도 한국과 일본에서 종종 일어나는 소규모 시위. 꽃샘추위에 벚꽃이 지듯, 바람이 불어 억새가 휘듯, 여론도 세파를 타고 이리저리 움직였다. 기술이 과연 적법한 과정을 따를 수 있을지 회의적인 시선. 한국인의 주요 연구가 세계적인 학술지에 게재된 일에 경도되어 비판적인 의견을 일체 부정하는 일부 대중과 몇몇 언론. 상용화가 한참이나 먼 기술을 공약으로 끌어오려는 정치인들과 그들의 갈라치기 전략. 모든 변화는 전에 몇 번이고 들은 이야기처럼 지루했다.

"부작용은 극히 드물다고요. 레테타는 생체 적합성 인증도 받은 기술입니다."

"의원님이 연구팀 소속이신가요? 이 모든 게 거대한 사기극이면 어쩌려고, 비윤리적인 절차가 있었다면 어쩌려고 그런 속단을 하세요?"

"그러니까 성과가 미심쩍다? 한국인은, 동북아시안은 결코 대단한 업적을 남길 수 없다?"

"허, 교묘한 말장난 하지 마세요. 얘기가 왜 그렇게 흘러가요?"

"병들어 달달 떨던 쥐가 레테타 수술 후에 걷는 장면을 보시긴 했어요? 그걸 보고 아무 감흥이 없으셨던 겁니까?"

"지금 쥐나 인간이나 똑같다는 뜻으로, 개나 돼지나 인간과 다를 바 없다는 의미로 발언하신 거죠?"

심야 토론회를 지켜보던 교수는 리모컨의 음 소거 버튼을 눌렀다. 다른 채널로 가는 것보다 귀를 닫는 일이 먼저였다. 모든 계보가 그렇듯 역사의 맥을 끊고 난데없이 튀어나오는 기술은 없다시피 한데도 사람들은 자신을 전에 없던 아이콘으로 대했다. 소시오패스와 소시민, 괴짜와 천재. 선택지마저 고루했다. 지긋지긋한 자중지란. 각오했지만 예상보다 거칠고 험한 여정이었다. 교수가 일본에서 한국으로 돌아온 이유는 단순하고 강력했다. 그는 하루가 무섭게 늙어가는 자신의 어머니를 떠올렸을 뿐이었다. 고향에서 홀로 지내는 언니와 이모를 생각했을 뿐이었다. 교수가 아끼는 여자들은 수술받을 수 없는 나이였지만, 그런 연유로 자신 삶의 기본 골자이자 신념인 개인주의를 잠시 한 쪽으로 밀치고서라도 그들 곁에 더 있고 싶었다. 그렇지만 집 밖으로 한 걸음도 나서기 힘든 나날은 계속되었다.

*

영청 구석구석으로 전단지가 더 가닿자 여자들이 수술에 대해 궁금해하기 시작했다. 시장, 구판장, 한의원, 터미널, 정류장, 교회, 성당에 삼삼오오 모인 그들은 눈을 빛내며 말을 쏟아냈다. 얼마 후 영청의료원 대강당에서 열린 사업 설명회에 참석한 여자들은 단상에 나온 의사를 올려다보았다. 단상 뒤 의자에 앉은 의료진은 여자들을 내려다보았다. 연구에 대해 가장 잘 아는 교수가 나오지 않은 자리였다. 맨드라미 색 커튼이 모두 닫히자 화면으로 영상이 흘러나왔다.

기후시의 일본 중년 여성들은 온화한 미소를 짓고 있었

다. 병원 벤치에 앉은 여자가 먼저 입을 열었다. 햇빛 아래 있어서 그런지 피부가 잡티 없이 깨끗해 보였다.

"임상 과정은 매우 안전하고 편안했어요."

뒤이어 연분홍 꽃밭 앞에 선 여자가 천천히 말했다.

"이 꽃 이름을 아시나요? 칼루나. 꽃말은 아름답게, 말끔하게. 칼루나는 그리스어로 이런 뜻을 가진 꽃이랍니다. 산성 토양에서도 잘 자라는 꽃이에요. 저는 레테타가 꼭 칼루나 같아요. 저를 아름답게, 말끔하게 만들어줬으니까요."

이 자리에 불참한 교수가 극구 반대한 영상은 끝내 편집되지 않았다. 교수는 레테타에 대한 설명이 매끈한 아름다움 따위로 대체될 수 없다고 주장했다. 칼루나 앞에 선 여자를 들어낼 생각이 전혀 없었던 이들은 교수를 향해 저 여자가 실제로 한 말이지 않느냐고 반박했다.

이어지는 화면에는 컴퓨터 그래픽으로 만든 여성의 신체가 나왔다. 여자의 팔다리 관절은 기름을 바른 것처럼 부드럽게 움직였고 혈관에는 채도 높은 선홍색 피가 세차게 돌았다.

레테타는 약물 치료와 수술을 유기적으로 병행한다고 했다. 에스트로겐과 리튬 그리고 천연 물질 히알루론산과 사프란을 주성분으로 한 호르몬 조절 약물 치료, 나노 입자를 활용한 관절 강화 수술이 그것이었다. 나노봇 관절 수술은 일반적인 골다공증 치료와 달리 뼈의 성분을 근본적으로 변화시켜 티타늄, 카본, 에리카늄 이상의 강도까지 구현할 수 있다고 했다. 몸에 직접 주입될 주요 소재는 인체 성분과 불화하지 않는 금이었다. 수술 전후로는 신청자에 한해, 정신 건강 상담이 가능하다는 안내로 50분 정도의 설명회가 끝났다. 질문을 받겠다는 의사의 말에 한동안 침묵이 흘렀다. 눈치를 보던 여자가 조심스럽게 손을 들었다.

"저기, 선생님, 체력이 정말 좋아질 수 있나요? 진짜 젊어지는 게 맞아요?"

"아까 말씀드렸지만 레테타는 단순한 미용 시술이 아닙니다. 여러분의 근력, 유연성, 민첩성, 지구력, 순발력 모두 완경기 이전으로, 아니 그동안 겪어보지 못했던 수준으로 강해질 수 있죠."

첫 질문자가 나오자 곧 두번째 질문자가 나왔다.

"사람 뼈가 어떻게 강철처럼 튼튼해질 수 있어요?"

"우리가 흔히 접했던 임플란트와 인공관절 수술이 비약적으로 발전되었다고 보시면 됩니다. 나노봇 의료 기술은 현재 세계에서 가장 안전한 수술이에요. 게다가 에리카늄을 능가하는 신소재 아크라늄은 인체의 골밀도 상태와 흡

사하고 부작용이 거의 없죠."

의사가 사용한 뜻 모를 단어를 자세히 풀어달라는 이는 없었다.

"왜 육십대, 칠십대 여성만 대상인가요?"

"완경 이후 쇠약해진 신체에 최적화된 치료니까요. 레이디스, 테이크 유어 타임. 말 그대로 여성분들에게 시간을 돌려드리는 수술입니다. 이제 여러분의 시간을 누리시라고요."

흘러내리는 안경을 고쳐 쓴 여자가 손을 높이 들었다.

"그러면 월경을 다시 하나요? 호르몬이 바뀌면 다시 피가 나올 텐데요."

여자들이 자기 좌우에 앉은 여자들 표정을 바삐 살폈다. 질문자를 향해 미소를 짓고 있던 의사가 답했다.

"좋은 질문 감사합니다. 네, 월경이 다시 시작되는 거죠."

여자들이 일제히 입을 벌렸다. 나지막하게 한숨을 쉬는 여자들도 많았다. 사업 설명회에 오기 전부터 이미 우려하던 일이었지만, 의사에게서 월경이란 단어를 직접 듣자 김이 새는 기분이 들었다. 월경은 분명히 오랜 벗이었다. 그러나 재회는 피하고 싶었다. 헤어진 친구는 헤어진 친구로 남아야 하지 않나. 다시 피를 흘리다니, 그건 너무 번거롭고 귀찮다. 돈, 시간, 힘을 더 들이고 싶지 않다. 40여 년을 거쳐 지긋지긋한 굴레에서 벗어났는데.

여자 몇몇이 가방을 꾸리기 시작했다. 또 온다는 월경이 낯설고 생생한 귀신으로, 포악한 괴물로, 작은 악령으로 느껴졌다. 아무리 몸이 바뀐대도 월경을 또 불러들이는 몸이 될 순 없었다. 생수로 입을 축이며 뜸을 들이던 의사가 말했다.

"월경, 다시 합니다. 그런데 피가 없는 제2의 월경. 무혈 월경이에요. 고양이처럼요."

*

의료원 흡연 부스 앞에 멈춰 선 노보금은 컴컴한 유리 앞에 선 자신을 마주했다. 그는 등을 펴고 턱을 약간 들었다. 허리는 아직 꼿꼿했고 가슴과 어깨도 아래로 축 처지지 않은 상태였다. 노보금이 입꼬리를 끌어올렸다. 입술 두께가 언제 이렇게 얇아졌는지 모를 일이었다. 꿈틀대는 입매는 장난기 어려 보이기도 했고, 인색해 보이기도 했다. 노보금이 눈에 잔뜩 힘을 줬다. 눈빛은 총기 어려 보이기도 했고, 표독스러워 보이기도 했다.

인간의 본래 수명은 38세라는 기사와 그 밑의 댓글을 본 날, 노보금은 창피한 동시에 억울했다. 억울한 동시에 창피했다. 노보금에게 67세라는 나이는 다른 나이보다 수월하지 않았다. 6, 7, 8, 9, 땡. 67이란 숫자는 그저 8과 9를 떠오르게 했다. 점점 가까워지는 끝을 생각하게 했다. 물론 육십대 중후반에 들어서도 사십대처럼 보이는 연예계 종사자들과 일반인들은 꽤 있었다. 타고난 유형 아니면 부지런한 노력형. 하지만 자신은 그 어디에도 속하지 않았다. 의료원을 나온 노보금이 중얼거렸다.

"6, 7, 8, 9, 땡, 얼음."

노보금이 눈앞의 번화가를 둘러봤다. 얼음이 가득한 콜라를 마시고 싶었다. 햄버거 가게에 들어서자 직원들이 자신을 아래위로 훑어봤다. 노보금은 키오스크를 능숙하게 다뤘지만, 직원들의 시선을 의식한 뒤로 실수하지 않기 위해 더 주의를 기울였다. 메뉴를 선택하고 옵션으로 재료를 더하거나 빼고 결제하는 일은 어렵지 않았다. 정말 어려운 건 이런 게 아니었다. 그럼 정말 어려운 건. 투입구에 카드를 넣은 노보금은 자신이 낸 퀴즈에 답을 내기 위해 잠자코 궁리했다.

살면서 뭘 계속 기대하게 된다는 것. 빛이 있는 쪽으로

목을 빼고 기웃거리게 된다는 것. 노보금은 자신이 레테타 수술 대상 조건에 들어간다는 사실을 며칠째 의식하고 있었다. 공공 근로 반장에겐 건강검진을 받는다고 말하고 월차를 냈지만, 레테타가 궁금해서 의료원에 온 것이다. 무심히 고개를 들자 화면에 오류창이 떠 있었다. 그는 카드를 급히 빼냈다. 손에 들린 건 희극인협회 카드였다. 당황하는 자신을 본 직원이 그럴 줄 알았다는 듯 애석한 표정을 지었다. 노보금은 이를 악물고 뒤를 돌아봤다. 점심시간이 지나서인지 다행히 뒤에 줄을 선 손님이 없었다. 그는 다른 카드를 꺼내 세트 메뉴를 다시 주문했다.

2년 전 영청으로 오던 길, 노보금은 터미널역의 안내판을 유심히 쳐다봤다. 지하철이 없는 영청에서는 볼 수 없을 문구였다. '갈아타는 곳'. 노보금에게 그 말은 '환승'이란 뜻이나 '다른 장소로 가는 길목'이란 의미로 다가오지 않았다. 영청은 자신의 마지막 터였다. 그리고 지금 서 있는 곳은 다시 돌아오지 않을 역이었다. 그 생각을 하자마자 눈앞의 글귀가 멋대로 바뀌기 시작했다. 비약이란 걸 알아도 연상을 멈출 수 없었다. 이승에서 저승으로 '갈아타는 곳'. 젊은 시절을 '갈아' 결국 '타는 곳'. 달리 말해 불을 통과해 재가 되는 곳. 영청 도착 예정 시간은 3시간 2분 뒤였다. 그날

버스에서 노보금은 속으로 노래했다. 3, 2, 1, 땡. 3, 2, 1, 땡. 일부러 경쾌한 리듬을 붙여서.

햄버거를 다 먹은 노보금은 입안 가득 얼음을 털어 넣은 뒤 자리에서 일어섰다. 가게 앞은 차도, 가게 뒤는 개천이었다. 노보금은 횡단보도를 건너는 대신 물길을 따라 걸었다. 맞은편에 운동 나온 여자들이 보였다. 그들의 다리는 죄다 펜치 모양으로 휘어 있었다. 허리가 앞으로 굽은 여자들, 등이 뒤로 꺾인 여자들이 시야에 자꾸 들어왔다. 피할 틈 없이 들이닥치는 광경이었다. 노보금은 그들에게서 눈을 떼지 못했다. 바지 속 무릎 연골과 복숭아뼈가 마치 타코야끼처럼 작고 무르고 둥글 것 같았다. 그는 마음이 이토록 쉽게 무너지는 게 무참해 도리질쳤다. 그리고 개천가 바위에 털썩 앉았다. 별안간 코끝이 아리더니 자신보다 더한 나락으로 떨어진 동료들의 처지가 떠오르기 시작했다. 그중에서도 코미디 지론을 가장 많이 나눴던 동기 정화 생각을 멈출 수 없었다. 노보금은 숨을 천천히 내쉬었다.

은퇴와 함께 이사를 준비하던 시기였다. 가파른 언덕길을 오른 뒤, 얇은 철제 계단을 디뎌 도착한 친구의 집은 너무 춥고 비좁았다. 노보금의 염려를 눈치챈 정화가 먼저 유쾌한 투로 말했다.

"야, 나는 너처럼 멋있게 훌쩍 떠나진 못하겠다. 괜히 꼬드기지 마. 시골엔 절대 안 가."

"너도 영청 와서 같이 지내면 되지. 친구들 더 오면 모여 살면 되고."

"얘는 참 속 편한 소리 한다. 여기 있어야 바로 움직일 수 있지. 내일은 돼요, 모레는 가능해요, 그러면 방송국 놈들이 기다려주겠냐고. 영청이랑 서울이랑 반나절 거리인데."

노보금은 두 도시 사이가 차로 세 시간 정도 걸린다고 정정해주지 않았다. 어떤 사람들에게 수도권을 벗어난 지역이란 해외보다 더 외딴곳일 수 있으니까. 자신이 그랬듯 익숙한 터를 떠나는 일은 막막하고 스산할 수 있으니까. 이사 후 한 라디오 방송국 PD에게 섭외 요청이 왔을 때 노보금은 자신은 은퇴했다며 정화를 추천했지만, 친구에게 그 자리가 가진 않았다. 정화가 급성 심근경색증으로 죽을 때까지 방송국에서 그를 직접 찾는 일 역시 없었다. 정화는 그 추운 집에서 홀로 눈을 감았고 죽은 지 사흘이 지나 발견되었다. 가스 검침원이 창살 너머로 쓰러진 그를 보지 못했다면 더 늦게 부고를 접했을 것이다.

노보금은 윤슬을 물끄러미 바라봤다. 물살이 오후 햇빛을 부지런히 튕겨냈다. 빛이 번쩍일 때마다 카메라 플래시가 터지는 것 같았다. 그는 죽은 정화를 옆자리, 널찍한 바위 위에 앉히고 속엣말로 대화했다.

'정화야. 너는 여자들이 이런 농담하는 거 어떻게 생각해? 그 맛있는 걸 왜 남편이랑 먹어?'

'그게 뭐? 남편 놀려먹는 게 왜? 눈에 보이지도 않는 우리가 그 사람들을 놀리는 게 대수야?'

'너는 그게 웃겨?'

'어, 웃겨. 그건 우리만 할 수 있는 이야기잖아.'

'그렇게 살 거면 헤어지고 말지, 왜 같이 살아?'

'우리 고지식한 보금아. 여자들한테 남편은 그 순간 정말 바깥사람이 되는 거야. 안사람인 우리가 남편들을 바깥으로 내몰고 잠깐 웃는 거라고.'

'그러니까 왜?'

'왜긴. 살려고. 엉망진창이어도 살아내려고.'

노보금은 눈앞에 날벌레를 쫓는 척 손을 휘저으면서 눈물을 닦아냈다.

*

홍보가 본격적으로 시작되면서 영청 시민들에게 레테

타라는 세 글자는 마음을 어지럽히는 기묘한 단어가 되어 갔다.

"그냥 건강한 신체만 된다고 하든가. 비장애인만 된다고 하든가. 장난하는 것도 아니고 이게 뭡니까?"

요양 시설에 가족을 맡긴 보호자들은 레테타 사업을 주관하는 영청의료원에 거세게 항의했다. 거동과 의사 표현이 가능하면 수술 대상자가 될 수 있다는 안내 문구가 있었지만, 그들의 가족은 모두 신체검사에서 탈락했다. 딸, 언니, 누나, 엄마를 병상에 다시 눕힌 그들은 레테타를 아예 몰랐던 날들이 그리웠다.

시위에 나온 이들은 한동안 여럿이었다가 두셋으로 줄어들었고 그 나날도 길지 않았다. 검사에 탈락한 이들과 환자 가족들은 더 이상 기자들의 취재 요청에 응하지 않았다. 영청 지역신문 기자들은 이 도시에 부정적인 선입견이 생길 수 있는 기사를 내지 않았다. 그들은 대신 이런 타이틀을 만들었다.

영원한 청춘의 도시 영청, 고령화 시대에 새 희망 되나

환한 얼굴로 봄을 기대하는 영청 시민들

일본보다 한국에서 하는 사업 훨씬 체계적

보도를 접한 이들은 기가 막힌다는 표정을 지었다. 다른 걸 보다 웃었는데 얼빠진 낯으로 레테타를 고대하는 사람이 되었다. 분명히 녹음기에 대고 얘기했는데 하지 않은 말이 글로 나왔다. 멀리서 온 기자들을 반길 수도 없었다. 너무 늦은 방문이었다. 여기까지 몸소 오느라 고생했다는 그들의 생색내기도 꼴사나웠다.

"정부의 비공식적 언론 보도 지침은 레테타의 장점을 강조하려는 방향일 거예요. 역으로 레테타의 단점을 강조하려는 취재진은 우리가 겪는 불운을 더 강조할 거고요. 걔네는 사람이 어떻게 되든 말든 사생활을 샅샅이 파헤쳐요. 그렇게 얼쩡대며 걱정하는 척하다가 우리가 짠하다면서, 돕고 싶다면서 사연을 뿌려댈 거라고요. 우리한테 아무 관심 없는 사람들한테."

거동할 수 없는 조카를 11년째 돌보는 여자의 말에는 강한 설득력이 있었다. 기자들은 입을 다문 주민 앞에 두 번 이상 찾아가지 않았다.

"레테타 때문에 동네가 시끌시끌하죠? 저도 약 파는 사람이지만 어이가 없어요. 그동안 허위 광고 때문에 부작용 겪는 환자들을 얼마나 많이 봤는데요. 광고 보니까 괜찮을 것 같아요? 그게 다 여자들 등쳐먹으려는 수작이지."

다나는 약국에 찾아오는 단골들에게 대뜸 성을 내며 말

했다. 푹 꺼진 적갈색 소파에 앉아 있던 손님이 그의 말에 동조했다.

"혈관 질환, 관절염 개선? 끽해야 쥐꼬리만큼 도움이 되겠죠. 아니다. 새우 기름이며 밀감 크림이며 그거 효과 없잖아요. 근데 의사들이 아침 방송에서 이게 좋네, 저게 좋네, 하면 기다렸다는 듯이 광고가 나가. 이게 뭐겠어요? 뒷돈이 오간 거지. 아니면 말이 되냐고요."

입가에 생긴 거품을 닦아낸 손님이 다나를 오래 쳐다보았다. 고개를 연신 끄덕이던 다나가 갑자기 처방실로 들어갔다. 소파에서 일어난 손님이 목덜미를 긁었다. 약사는 아무래도 얼마 전 레테타 사업 설명회 자리, 같은 줄에서 본 사람인 듯했다. 저 여자도 나처럼 검사에 탈락해서 저렇게 화가 난 걸까. 하지만 그는 그날에 관해 묻지 않은 채 약국을 나섰다. 3일간 오전, 오후에 두 번 열린 설명회에 모인 참석자는 모두 2천7백여 명이었다.

집으로 돌아온 마종은은 생강차 한 잔을 만들었다. 레테타에 대한 온갖 풍문으로 귓가가 욱신거리는 나날이었다. 마종은이 알기로 역사상 약초 치료는 숱했다. 쑥, 계피, 인삼, 맥금동, 뱀딸기, 구기자, 족두리풀, 운지버섯, 측백나무. 실제로 효능이 입증된 사례는 수도 없었다. 들쭉 서가의 4분의 1 정도를 차지한 도서 역시 치유 효과가 소개된 생태 식물도감이었다.

레테타 호르몬 치료제는 합성물이 아닌 자연물에서 추출한다고 했다. 주성분은 천연 물질인 히알루론산과 사프란이었다. 약제 치료를 꺼릴 명분이 없었다. 들쭉에서도 약초 테라피 워크숍을 다년간 진행하지 않았나. 하지만 모임원들은 분을 좀처럼 누그러뜨리지 않았다. 그들은 수술을 문제 삼았다. 신소재와 첨단 기술에 적대감을 품었다.

마종은은 찻잔 위로 피어오르는 김을 무정하게 쳐다봤다. 레테타나 들쭉보다 신경을 긁어대는 쪽은 따로 있었다. 성만옥은 뒤풀이 날 이후로 매일 전화를 걸어왔다. 남편과 별거하고 있지만 이미 이혼한 것과 같은 상태라는 부연이 자꾸 붙었다. 어느 면으로 봐도 복잡한 상황이 아닌데, 관계라는 게 사실 단순하지가 않다는 둥 오해라는 둥 부실한 해명이 따랐다.

"아무리 그래도 그렇지. 지나도 있는데 왜 그랬니. 어쨌든 너 이혼은 안 할 거잖아. 맞지?"

마종은은 그의 연애가 끝났거나 끝날 거란 사실을 전제로 물었다. 질문의 형태였지만, 이유가 궁금한 건 아니었다. 그가 하고 싶은 건 질책이었다. 네가 나와 어울릴 자격이 있는지, 우리가 앞으로도 가까이 지낼 수 있는지.

"딸내미한텐 내가 설명할 수 있어. 언니가 하등 걱정할 거 없어."

"그럼 됐다. 내가 뭐라고 입을 대겠니."

"언니, 근데 집에 태커 있어? 의자에 박아야 하는데 아무리 뒤져도 안 나오네."

마종은은 별안간 화제를 돌리는 성만옥이 우스웠다.

"태커 총? 없어."

"들쭉에는? 거긴 있을지도 모르잖아."

"나 방금 집에 왔는데? 네가 시장 가서 하나 사든가 해."

남의 걸 빌리지 말고. 없는 걸 탐내지 말고. 구질구질하게 좀 살지 말고. 마종은은 다음 말들까지 입 밖으로 내진 않았다. 그는 지나를 걱정하는 척했지만 지나가 비난의 명분과 빌미일 뿐이라는 사실을 잘 알았다. 떳떳한 일이 아니니까 내게도 숨긴 거잖아. 너는 나를 속였고 계속 속일 생각이었잖아. 마종은은 이 말 또한 입 밖으로 내지 않았다.

집은 고즈넉했다. 남편은 죽은 듯 잠든 지 오래였다. 아들은 회식 중이라 새벽에나 올 듯했다. 며느리는 연수원에서 내일 돌아올 예정이었다. 마종은은 생강차가 출렁이는 컵을 쥔 채 2층으로 조용히 올라갔다. 어질러진 곳은 아무데도 없었다. 며느리의 성격처럼 단정하고 깔끔한 실내였다. 전구가 하나 켜진 거실엔 은은하고 포근한 분위기가 감도는 듯했지만 그 기분도 잠시, 역시 아이가 없어서인지 둘의 공간은 적막하게만 여겨졌다. 불을 끄고 내려가려던 마종은이 서가 앞에 섰다. 내지가 누리끼리한 영어 교육 관련 서적을 제하고는 거의 며느리의 책이었다. 구석 테이블엔 며느리가 읽다 만 듯한 책이 엎어져 있었다. 조심스레 책을 집어 올린 마종은은 페이지 숫자부터 눈에 담았다. 혹시 책이 덮이기라도 하면 곤란하니까. 그는 실눈을 뜨고 제목을 확인했다. 『길에서 길 잃기』. 밑줄 친 글귀가 먼저 눈에 띄었다.

자아가 곳곳으로 휘발되는 순간, 우리는 자유를 만날 수 있다. 통합된 단일 자아가 허위라는 사실을 깨닫는 순간, 우리는 비로소 방황을 시작할 수 있다.

마종은이 미간을 찌푸렸다. 자유와 방황이란 단어 아래 밑줄이 유독 진했다. 마치 그걸 못 가진 사람처럼. 못 만난 사람처럼. 그의 이름 유구희는 사실 외자였다. 어머니 성인

유, 아버지 성인 구 뒤에 외자 희가 붙은 것이다. 마종은이 중얼거렸다.

"참, 끝도 없다. 끝도 없어."

며느리는 온갖 권리를 누리면서도 항상 못 챙긴 권리에 관심이 많았다. 동질감을 느끼는 여자들, 학생들, 아이들. 며느리의 관심 밖 대상은 아들과 같은 성인 남성뿐인 것 같았다. 생강차를 한 모금 머금은 그가 느릿느릿 도리질했다. 글귀 아래 여백엔 손 글씨가 있었다.

나는 나 자신의 외부여야 한다.

—모리스 메를로 퐁티

내가 나지, 내가 나의 내부고 외부지. 이게 무슨 소리야. 눈을 크게 뜬 마종은은 며느리의 필체를 눈에 담았다. 그를 닮아 얌전한 동시에 냉철한 모양새였다. 입을 굳게 다문 마종은은 책을 이리저리 더 살펴봤다. 그때 바닥으로 메모지 한 장이 떨어졌다.

오랜만에 오시네요.

: 고객에게 건네는 흔한 인사. 자신보다 고객의 방문 행

위를 강조. 존칭.

오랜만에 뵙네요.

: 빈도는 적어도 역시 고객에게 건네는 흔한 인사. 일정한 거리 감각 유지. 존칭.

오랜만이네요.

: 고객이 아닌 자신의 감정과 소회가 앞서는 드문 인사. 상대와의 수평적 관계를 전제로 한 안부. 비존칭.

~~오랜만이네요. 오랜만이네요. 오랜만이네요.~~

메모지를 든 마종은은 자리에서 움직이지 못했다. 학교 수업 자료 같은데 어느 페이지 사이에서 떨어진 건지 알 수 없었다. 아니, 그런데 내가 그것까지 신경 써야 하나. 책장 사이에 대충 메모지를 끼워 넣은 그는 선 채로 책을 읽었다. 얼마 후 책을 제자리에 둔 마종은이 쯧, 소리를 냈다. 식은 생강차를 들이켜니 바닥에 고여 있던 꿀이 식도를 타고 몸속으로 한 번에 들어왔다. 혈당이 바로 치솟을 만한 맛이었다.

이 책을 쓴 저자의 말에 따르면, 집과 들쭉을 오가느라 가족과 모임원들을 챙기느라 종종대는 자신은 진정한 자유인임에 틀림없었다. 매 순간 매 초의 노동으로 몸과 정신이 분산되는 자신이야말로 방황하는 자였다.

*

다시 찾은 의료원 대강당은 천장이 높을 뿐 별다른 특색이 없는 공간이었다. 여기서 발대식 또는 기도회나 다단계 강의 따위가 열린다 해도 이상하지 않을 듯했다. 노보금은 구석으로 밀쳐진 파티션 몇 개와 회의용 테이블을 물끄러미 쳐다봤다. 대강당 단상엔 얼마 전 끝난 레테타 협약식 현수막이 걸려 있었다. 약물 테스트를 위한 주사 접종 자리는 누가 봐도 급히 꾸려진 것 같았다. 노보금은 자신처럼 신체검사와 면접을 통과한 여자들을 둘러봤다. 몸에 변화가 없는 시기라 딱히 전우애가 느껴지진 않았다. 폴리프로필렌과 스틸 소재로 만들어진 의자에 앉은 그들은 주사가 아니라 무료 셔틀버스를 기다리는 이들처럼 보였다. 하지만 간호사가 이름을 부를 때까지 졸거나 떠드는 사람들은 없었다. 호명받은 여자가 일어나 얇은 가림막 안으로 들어가면 남은 여자들이 그쪽을 향해 가만히 목을 뺐다.

노보금 옆자리의 여자는 손목이 저린지 계속 주먹을 쥐었다 폈다. 감자 같은 손등 위로 옥색 정맥이 나타나다 사라지길 반복했다. 노보금은 몸을 푸는 척하며 여자를 아래위로 살폈다. 높고 커다란 통굽 신발, 전체적으로는 등산복 차림이지만 색깔과 섬유 성분이 다른 상의와 하의, 속옷 와이어 밖으로 튀어나온 부유방, 팥색 입술, 화분 가루를 잘못 바른 게 아닌가 싶게 누런 볼, 푸르게 변한 눈썹 문신 자국, 가늘디가는 머리카락.

노보금은 여자에게서 고개를 돌렸다. 독자성의 초과. 대중의 시선을 바로 잡아챌 보편성이 없었다. 이런 희극성으로는 절대로 희극을 만들 수 없었다. 희극이란 대상이 지닌 총체에서 대부분을 생략하고 한두 요소만 효과적으로 남긴 특성, 대상의 전체 모습을 강력히 탈수해 선별한 개성을 재료로 하기 때문이다. 그래서 옆자리 여자는 결코 노년 여성을 그리는 코미디에 등장할 수 없었다. 미키마우스를 보려는 아이들 발치에 쇠약한 생쥐를 풀어놓지 않는 것처럼.

대상을 이루는 모든 요소가 희극적일 때 그것은 희극이 아니라 비극이 된다. 요소가 불충분해 비극까지 미치지 못할 때는 실험극이나 부조리극으로 분류할 수 있다. 그는 무대에 올리지 못했던 여러 편의 희극을 떠올렸다.

"아, 너무 어려운데? 이건 코미디라고 하기 곤란해요. 그러니까 하고 싶은 말이 뭔데요?"

노보금은 눈을 꾹 감았다. 우리가 뾰로통한 표정으로 무언가를 난해하다고 할 때, 그건 어떤 게 난해해서일까. 엉성한 결과물을 보면 엉성하다고 하면 된다. 독해하기 싫을 때는 싫다고 하면 된다. 난해한 것을 일단 피하고 보려는 습성에서 나오는 난감함을 쉽게 난해함으로 부른다면 이는 일종의 순환 오류 아닌가.

난해의 동의어는 사실 불가해에 가깝다. 그리고 인간은 죽는 날까지 어떤 불가해함이든 골라 쥐어야 한다. 그렇기에 충분히 무르익은 서사, 완숙한 형식을 갖춘 이야기는 결국 무언가를 선택하려고 한다. 희극과 비극 사이의 정확한 중간 지점을 재서 그 자리에 앉은 뒤 꿈쩍하지 않는 게 아니라, 두 영역을 오가며 정확하지도 선명하지도 않은 경계선을 그리고 지우길 되풀이한다.

색 바랜 커튼이 바람에 흔들렸다. 그 결에 의료원 바깥의 엷은 지린내가 실내로 흘러들어 왔다. 노보금의 차례는 한참이나 오지 않았다.

*

첫눈은 11월 하순에 내렸다. 청악산 산등성이가 희끗희끗했다. 털이 북실북실해진 짐승들이 머리를 흔들어 등허리의 눈송이를 털어냈다.

시민분들께서 '레이디스, 테이크 유어 타임'에 보내주신 뜨거운 성원 잊지 않겠습니다.

게이트볼장 입구, 현수막 오른편의 영청 시장 얼굴과 이름은 누군가의 낙서로 뒤덮여 있었다. 얼굴은 우스꽝스럽고 한심한 해적처럼 보였고 이름은 식별이 되지 않았다. 훼손된 천은 그대로 눈발에 얼어 딱딱해졌다.

혼자 케밥을 먹던 여자가, 갓 구운 걸 맛보라며 뜨거운 빵 귀퉁이를 손으로 떼어주는 우즈베키스탄 여자를 올려봤다. 아들에게 물수제비를 가르치던 여자가, 오늘 결국 핀란드로 떠나는 여자를 떠올렸다. 해가 저문 강변 풍경이 무서웠던 여자가, 큰 목소리로 통화를 하며 걷는 여자를 뒤따랐다. 애인과 방금 헤어진 여자가, 살색 마스크 때문에 얼굴이 점토 덩어리로 보이는 여자를 보고 멈칫했다. 손수레를 끄는 여자가, 떨어진 책을 집어 두리번거리는 베트남 여자를 보지 못한 채 골목으로 들어섰다. 손님의 휴대폰을 챙겨 뛰어나온 중국 여자가, 주차장을 막 빠져나가려는 운전석의 여자를 불러세웠다. 처음 만든 비즈 공예품을 플리 마켓에 들고나온 여자가, 대추차를 건네는 옆 부스 여자를 보고 웃었다. 박물관 정문까지 중학생들을 인솔하던 여자가, 죽은 사람이 쓰던 물건 구경은 지루하다는 여자의 머리통을 쓰다듬었다. 전시를 둘러보던 여자가, 입구 의자에 불편하게 걸터앉은 여자를 보고 저 사람이 분명 작가라고 생각했다. 남편과 외식을 나온 여자가, 식사를 깨끗이 마친 후 그릇을 한 곳에 포개는 여자를 지켜봤다. 세미나에서 한마디도 하지 못한 여자가, 굴러온 공을 발로 잡고는 손을 흔드는 여자 쪽으로 힘껏 찼다. 모텔 청소를 마친 여자가, 다리를 심하게 저는 남자를 부축해 들어오는 여자와 여자의 높은 힐을 차례로 봤다. 가오리연을 날리던 여자의 등과 배드민턴을 치던 여자의 등이 부딪혔다.

레테타 신체검사와 면접 그리고 약물 테스트를 모두 통과한 여성들 앞으로 전자우편과 종이 우편이 날아들었다. 노보금은 임상 시험자가 되었다는 소식을 메일로 확인했다. 내용 말미, 부작용에 대한 안내 문구는 서너 페이지가 넘었다. 곳곳의 용어가 생소했지만 요약하자면 수술 후 원래 신체로 돌아갈 수 없다는 뜻이었다. 최종 임상 시험자 통보를 받은 여자들은 마지막으로 심리 상담 과정을 거쳐야 다음 단계로 진입할 수 있었다. 수술 전후 신청자에 한해 받을 수 있다던 정신 건강 상담이었다. 주최 측 내부에서 변동이 생겼는지, 상담은 누구나 받아야 했고 대신 약식으로 진행된다고 했다. 절차가 단축되었다 해도 기나긴 유예였다. 홍보 영상 속 기후시 여자들, 인어처럼 부드럽게 움직이던 그래픽 이미지는 영청시 여자들의 기억 속에서 더 희끗희끗해졌다. 젊고 강인한 초인이 되는 일은 거짓말처럼 요원해 보였다. 코앞에 있는 꿈이 꾸다 만 꿈처럼 아쉽고 헛헛해 보였다.

*

"언니, 그러니까 원상 복구가 안 된다는 소리지? 낙장불입이어도 괜찮아?"

입가에 슈크림을 묻힌 채로 성만옥이 물었다. 노보금이 고개를 천천히 끄덕였다. 미간을 찌푸리고 있던 마종은이 거들었다.

"그래, 고민을 더 해봐야 하지 않아? 수술이라는 게 결국 자연스러운 방법이 아니잖아. 우리랑 계속 춤추면서 편히 나이 먹어도 좋을 것 같은데."

이마의 주름이 걱정된 마종은이 미간을 폈다. 자신 생각보다 길게 나온 말이었다. 잠자코 있던 노보금이 빙긋이 웃고는 답했다.

"왜 그래들. 내가 가족이 있어, 미래가 있어?"

성만옥은 마종은을, 마종은은 성만옥을 쳐다봤다. 서로의 표정을 확인하고 싶어서였다.

"언니, 우리가 가족이나 마찬가지지. 나 좀 서운하네?"

성만옥이 눈을 흘기자 노보금이 그의 입가를 소매로 닦아주고는 답했다.

"서운했으면 미안. 근데 나는 시간이 아까워서 그래. 가는 시간이 아까워서."

숨을 깊게 들이마신 마종은이 주먹을 쥐었다. 입술이 멋대로 달싹이고 있을 때는 근육에 힘을 줘 입을 닫는 편이 언제나 옳았지만, 좀체 참을 수 없었다.

"그럼 나는 시간 낭비하는 건가? 수술 안 받는 사람들은, 레테타 안 하는 나 같은 사람들은 바보 천치야? 눈도 귀도 닫고 아무것도 모르는?"

마종은은 자신의 말이 가볍게 들릴 거라고 여겼다. 하지만 성만옥이 대번에 손을 휘저었다.

"에이, 은이 언니는 뭘 그렇게까지 말해? 나는 레테타인지 카페라테인지 아직 잘 모르겠던데. 언니들은 수술받을 수 있는 나이라서 나보다 민감한가? 아무튼 보금 언니가 고민 끝에 내린 결정일 거 아냐. 그럼 응원해야지."

마종은이 성만옥을 쏘아봤다. 자제하려고 했지만, 눈두덩이가 파드득파드득 떨리고 있었다.

"그러게. 너는 결정을 못 내렸으니까 응원을 못 해주겠네. 남편이랑 헤어진 것도 아니고, 애인이랑 사는 것도 아니고. 만옥이 너는 이도 저도 아닌 채로, 아무 결정을 못 내렸잖아."

마종은은 자신이 뱉은 까끌거리는 말에 스스로도 놀랐다. 성만옥과 노보금은 바로 답을 하지 못했다. 도무지 차근차근 반응할 수 없는, 뜬금없는 감정이 카페 안에 엎질러졌다. 만춘을 나온 마종은의 보폭은 넓고 거칠었다. 하지만 말을 쏟아내도 속이 시원해지지 않았다. 배수구에 걸린 음식물 쓰레기를 반도 못 치운 기분이었다.

청악산 관음사로 가는 길목에 있는 두붓집은 영청에서 40년째 성업 중이었다. 노부부는 외동딸이 결혼하면 그에게 운영권을 넘겨주기로 약속했지만, 딸은 52세가 되어서도 짝을 데려오지 않았다. 노부부는 누룽지를 만들다가, 호박을 말리다가, 둥굴레차를 끓이다가 딸을 힐금거렸다. 요며칠 부산스러운 게 이상했다. 만나는 사람이 생긴 걸까.

무슨 일로 바빠 보이는지 물어도 되나.

아름드리 은행나무가 있는 두붓집 마당은 넓었다. 장작더미 위에 올라탄 수탉이 차에서 내리는 연인을 노려봤다. 여자에게서는 이상한 꽃냄새가 풍겼다. 남자는 그동안 상대했던 적들처럼 자신을 잡아보겠다며 장작 쪽으로 다가올 것 같았다. 수탉은 눈을 부릅뜨고 둘을 주시했다.

문구점에 다녀온 딸이 뒷문을 향해 빠르게 걸었다. 그는 코팅해 온 종이를 사방 벽마다 붙였다. 인터넷을 뒤져가며 만든 문장이었다. 굵은 서체로 인쇄된 제목은 '두부의 엄청난 효능'이었다.

두부 속 이소플라본 성분은 여성호르몬 에스트로겐과 당당히 견줄 수 있습니다. 두부는 갱년기 및 완경기 증상으로 괴로운 여성분들에게 매우 좋은 식품입니다.

노부부는 영청에서 무슨 변화가 일어나고 있는지 잘 몰랐고 그들의 딸은 레테타를 조금도 믿을 수 없었다. 저런 걸 왜 붙이냐고 물으려던 노부부는 고개를 갸웃거릴 뿐 딸에게 가까이 갈 수 없었다. 곧 단체 예약 팀이 도착할 시간이었다.

방을 돌며 코팅지의 부착 상태를 전부 확인한 딸이 닭들을 살피러 나갔다. 수술은 부도덕한 술수이자 정직하지 않은 방법이었다. 자연에서 얻지 않은 것은 결국 탈을 일으킬 것이다. 그는 며칠 뒤 시장 광장에서 열릴 레테타 반대 집회에 참여할 생각이었다. 가게에 자주 오는 들쭉 모임원들이 알려준 소식이었다.

*

탈의실 전신 거울 앞에 선 성만옥은 수영복을 입기 전 자신 모습을 살펴봤다. 목에는 굵은 주름이 여럿이었고 양쪽 겨드랑이는 묽은 커피색이었다. 배엔 언제 생겼는지 모를 발진이 세 개나 있었다. 살이 접혀 생긴 물집일까. 임신과 출산을 끝낸 지 수십 년이 지났는데도, 육신은 내내 지쳐 있었다. 애인이 좋아하는 몸을 자신은 여전히 좋아할 수 없었다. 칭찬이 종종 조롱 같았다.

수영장으로 향하는 문을 열자 정신이 나갈 듯한 호루라기 소리가 들렸다. 안전을 위해 이제 10분간 물 밖으로 나가야 한다는 신호였다. 초급반 회원 몇몇이 호루라기를 제발 살살 불어달라고 부탁했지만, 직원들은 그 요청을 받아들일 의사가 아예 없는 듯했다. 체온 조절 풀에 들어간 여자들이 서로의 얼굴을 살폈다. 여성 전용, 남성 전용으로 공간을 구획하지 않았는데도 오른쪽 풀엔 여자만, 왼쪽 풀엔 남자만 있었다. 한 여자가 누군가를 향해 밝은 목소리로 물었다.

"어르신, 궂은날에도 오셨네요?"

여자들이 일제히 둘의 대화에 집중하기 시작했다. 질문을 받은 백발의 여자는 자상한 표정으로 답했다.

"남편이 빗길이라 안 데려다준대서 버스 타고 왔어요. 너는 싫어도 나는 가야겠다, 하고 나왔지."

"근데 멀리서 살지 않으세요? 영청 거의 끝에?"

"응, 그래도 버스 시간 맞춰서 타면 돼요. 오면서 경치도 보고 사람도 보고."

"가는 길에 제가 댁까지 태워드려요?"

"에이, 뭐 하러."

"나 동치미 얻으러 가는 건데? 전에 주신 거 기절하게 맛있었잖아."

"이 사람이 나를 순수하게 공경하는 게 아니었네."

여자들이 소리 내어 웃자 풀 구석에 웅크려 있던 성만옥도 빙긋이 웃었다.

"그래, 그까짓 것 독째로 다 가져가요. 어차피 나나 먹지. 아무도 안 먹어."

"아유, 그렇게 귀한 걸 왜 안 먹는대. 하여간 남자들이 밖에서 혼자 살아봐야 정신을 차리지."

그 말에 여자들이 얼굴을 비틀며 웃었다. 물속은 따뜻했다. 관절도 근육도 아프지 않은 시간이었다.

"우리 남편은 그저 라면만 있으면 된다는데."

"라면만 먹기는. 김치랑 깍두기는 뭐 자기가 담아?"

"라면 좋아하면 다행이지. 우리 남편은 무슨 놈의 냄비밥을 해달래. 냄비로 맞으려고."

"이왕 할 거면 가마솥으로 해줘. 솥뚜껑으로 때리게."

"우리 아저씨는 딸 결혼하면 바로 산에서 산다더라. 미쳤나 봐."

"거기도 미쳤어? 우리 아저씨도 미쳤어. 다들 TV로 똑같은 걸 보나. 땅 파고 움막 짓고 뭐, 뚝딱뚝딱대면 혼자 잘 살 것 같은가 봐. 아주 집밥 먹으러 오기만 해. 산에서 몇 시간도 못 버틸 거면서."

"몰라. 굴에서 뱀이랑 멧돼지랑 같이 꼭 부둥켜안고 살라고 해."

호루라기 소리가 다시 울리자, 여자들이 하나둘 일어섰다. 누가 몸을 흉보지 않을까 싶었던 성만옥은 풀에서 가장 늦게 나왔다. 그는 수영장 물살을 헤치며 곰곰이 생각했다. 여자들은 왜 '우리' 남편이라는 말을 즐겨 쓸까. 남자들은 보통 '제' 아내나 마누라, 그도 아니면 애 엄마라는 말을 쓰는데. 여자들의 삶은 왜 넝쿨처럼 서로 엉켜 시작도 끝도 분간할 수 없을까. 우리는 왜 우리가 되었을까. 초보자 레인 두 바퀴를 걸었을 때, 사다리 근처에 있던 이웃 여자가 알은체를 했다.

"수영 끝나고 맨날 맛있는 거 먹나 봐. 옥이는 왜 볼 때마다 불어?"

성만옥이 호탕한 척 웃고는 말했다.

"빵 만들고 맛보는데 그럼 살이 어디 가? 내가 얼마나 힘들게 모으는데?"

"칫, 별걸 다 모아. 자기 주말에 할 거 없으면 나랑 등산 다닐래? 물도 좋지만, 산도 좋아."

"나는 산 싫어. 답답해. 요새 춤 대신 수영 배우니까 좋은데 왜."

"맞다. 자기 시장에서 춤췄지? 그래, 춤이든 수영이든 등산이든 뭐가 중요해. 운동을 한다는 게 중요하지. 그 라따뚜이 수술인가 뭔가 받는다는 여자들은 제정신이 아니야."

성만옥은 여자의 눈을 잠깐 들여다봤다. 본론을 마지막에 말하는구나. 수술받는 여자들이 아니꼽구나. 그들이 행여라도 행복해질까 봐 불안한 거구나.

"라따뚜이가 아니고 레테타. 응? 레이디스, 테이크 유어 타임."

"에이, 알 게 뭐야."

"알 거 없다면서 뭐가 거슬려? 뭘 하든 간에 다 저 마음이지. 좀 재미있게 살아."

"만옥이 얘가 철없는 소리 하네. 사람이 노화 현상을 천천히, 겸허하게 받아들여야지. 그런 수술로 한 번에 뭘 고쳐? 몸을 귀하게 안 여기고 말이야."

더는 두고 봐줄 수 없었다. 성만옥이 허리에 손을 얹고 말했다.

"자기야, 내가 생각해봤는데, 수영에 제일 방해가 되는 게 뭔지 알아?"

"뭐? 살 아니야? 당연히 살이지."

여자가 성만옥을 아래위로 훑어보며 답했다. 성만옥이 양팔을 올려 흔들었다. 팔찌에 헐겁게 매달린 락커 룸 열쇠가 세차게 흔들렸다.

"아니, 몸. 몸뚱어리 자체야. 우리가 물이 되면 저항이 없어져. 추진력은 올라가고. 그러니까 몸이 수영에 제일 방해가 된다고. 자기가 그렇게 귀하다고 말하는 몸이."

"에이그, 그럼 나더러 죽으라는 거야, 뭐야? 이상한 말 그만하고 수영이나 해."

입을 내민 여자가 성만옥의 팔뚝을 살짝 아프게 때리고 옆 레인으로 넘어갔다.

*

광장에 모인 사람들은 여자들만이 아니었다. 레테타 수술을 반대하는 남자들도 여자들 무리 옆에 거리를 두고 서 있었다. 음울한 눈빛, 조마조마한 기색, 조금 추울 듯한 옷차림. 서로 친밀해 보이는 사이는 아니었지만, 그들의 인상은 어딘가 비슷했다. 한 남자가 혼잣말이라기엔 큰 목소리로 말했다.

"감히 부모가 주신 몸에 칼을 대?"

누군가를 향한 질문이 아니었기에 아무도 답을 하지는 않았다. 제왕절개 수술로 아이를 낳은 여자 몇몇이 남자를 힐끗 쳐다보았다. 레테타를 함께 막아보자는 뜻만 같은 사람인 듯했다. 모나코, 다나, 예슬도 남자의 말을 못 들은 척했다. 셋은 시위에 나온 여자들을 챙기며 명랑하게 인사했다.

"그 여자들 인간 병기가 되면 군대도 가라고 해라. 어?"

남자의 말에 멈칫한 여자들이 광장 앞쪽으로 슬며시 자리를 옮겼다.

"갱년기니 뭐니 배부른 소리나 하고 자빠졌지. 팔자가 펴서는. 보면 진짜 아픈 것도 아니야. 다 꾀병이지."

남자를 저지하는 사람은 한 명도 없었다. 같은 심정으로 같은 목소리를 낸다 해도 이 음침한 남자와 뭔가를 도모하는 일은 금세 재앙이 될 것 같았다. 남자와 간격을 더 넓힌 여자들이 행인들을 향해 외쳤다.

"자연을 거스르는 레테타 반대."

"레테타 반대. 레테타 반대."

"인간 병기는 군대로, 군대로."

"레테타 반대. 레테타 반대."

여자들은 남자의 말을 덮기 위해 더 큰 소리로 구호를 외쳤다. 시위에 나온 지 얼마 되지도 않아 목이 깔깔했다. 들쭉 회원 몇몇과 함께 광장에 도착한 마종은은 시위자들에게 천연 수세미를 나눠줬다. 수세미를 받아 든 두붓집 여자가 시위자들에게 가방 속 전단을 꺼내 나눠줬다. 수세미와 전단을 받아 든 과일 가게 여자가 시위자들에게 명함을 돌렸다. 가게 주소와 전화번호가 적힌 종이들은 홍보성이 강해 집회 성격에 어울리지 않았지만, 이들은 그걸 문제 삼고 싶지 않았다. 장을 보고 나오는 이들의 손엔 각기 다른 광고 전단이 가득했다. 공짜 물건을 더 가져가려는 사람들이 모여들자 광장이 차츰 붐비기 시작했다. 버스에서 내린 학생들은 팻말을 든 시위자들을 보고 인상을 찌푸렸다.

"이런 걸 왜 해. 나는 할머니들 무조건 응원해. 누가 뭐래도 수술받고 싶으면 받는 거지."

"맞아. 자기들이 뭔데 반대하고 난리야."

학생들의 대화를 엿들은 마종은이 수세미를 도로 가방에 넣었다.

"해병대로, 해병대로. 북한으로, 북한으로."

"레테타 결사반대. 레테타 결사반대."

집회가 열리는 광장에서 18킬로미터 떨어진 영청의료원은 거리의 소음에 아무 영향을 받지 않았다. 집회와 수술이 있던 그날, 사람들이 가장 많이 몰린 곳은 총장 선거가 있는 대학교와 그 근처 오거리의 문화예술회관 주변이었다. 회관에서는 전국 투어 공연 중인 대형 가수의 콘서트가 열렸고, 회관 뒤 컨벤션센터에서는 중소기업들이 대거 참여한 증강현실 기기 박람회가 열렸다. 의료원 근처에 투입된 전경들은 널따란 차도에 앉아 차가운 도시락을 먹었다. 의료원 진입로에 설치한 몇 겹의 바리케이드는 결국 쓰임새가 없었다.

*

노보금은 창밖의 아까시나무를 하염없이 봤다. 가지마다 수십 마리의 때까치가 앉아 있었다. 올망졸망 모여 노는 모습이 꼭 초등학생들 같았다. 나무 아래 홀로 걷는 고양이는 그보다 철이 든 중고등학생 같았다. 노보금이 고개를 살짝 젖혔다. 가지를 떠나 먼 산 쪽으로 포르르 날아가는 때까치들이 지우개 때처럼 보였다.

수술을 마치고 회복 기간을 갖는 동안 노보금의 머릿속엔 자꾸 지나간 나날이 떠올랐다. 앞날을 위해 한 수술이었는데, 병상 침대는 시간을 거스르는 조각배가 되어 그를 어딘가로 계속 데려갔다. 잊고 있던 장소로, 잊고 있었는지도 몰랐던 시절로. 노보금은 링거 줄과 연결되지 않은 손을 조심스럽게 말아 쥐었다. 그래도 앞으로 갈 곳이 있다는 사실을 위안으로 삼을 수 있었다. 수술로 일을 관두지 않게 되어 다행이었다. 쉴 날은 충분했고, 일자리는 그대로였다. 공공 근로자들은 겨우내 3개월간 일을 쉬었다.

“여사님, 푹 쉬고 돌아오셔. 우리도 겨울 잘 날 테니까.

봄에 건강하게 보자고."

공공 근로 반장의 전화를 받은 건 그제, 차소원의 전화를 받은 건 어제. 오늘은 성만옥과 마종은이 찾아오기로 한 날이었다. 창밖을 얼마나 지켜봤을까. 복도에서 어수선한 소리가 났다. 이렇게 소란을 떠는 건 아무래도 성만옥일 것이다. 그이라면 한눈에도 바빠 보이는 간호사들을 잡고 고생이 많다, 애쓰신다는 말을 건넬 수 있었다. 그 인사가 자신을 잘 부탁한다는 말로 이어지면 큰일이었다. 코미디언이라고 다 싹싹한 건 아니다, 저이가 불편해도 꾹 참는 성격이니 자주 들여다봐달라, 노보금은 성만옥이 이런 오지랖을 떨까 봐 조바심이 났다.

병실 안에 들어선 건 성만옥과 마종은이 아니었다. 스카프로 하관을 가린 차소원이 뛰듯이 들어왔다. 손에 들린 바구니가 너무 컸다. 열대 과일들의 색은 요란하고 시끄럽게 느껴졌다.

"몸은 좀 어때?"

그를 본 노보금은 연락도 없이 왜 또 왔냐고 묻지 않았다. 곧 친구들이 올 거라는 말도 하지 않았다. 이미 손을 떠난 일. 쓸데없는 소리였다.

"괜찮아. 수술 잘 받았어. 무겁게 과일까지 가져오고. 고맙다."

그저 먹먹하고 나른하다고 말하는 대신 이 답이 나왔다. 가끔 우울감과 환상통에 시달리고 있다고 하면 차소원이 돌아가지 않고 질문을 퍼부을 것 같았다.

"너 진짜 젊어지는 거니? 그게 가능해? 전화로는 다 죽어가는 목소리라 잘 들리지도 않고 도대체가 성에 차야지. 얘기 좀 해봐. 근데 얼굴은 그대로네. 주름도 기미도 왜 똑같아?"

노보금은 숨을 마시고 내쉬었다. 다시 마시고 내쉬었다. 그의 입술이 천천히 벌어지려는 순간, 손을 흔들며 걸어오는 성만옥과 마종은이 보였다. 전과 달리 서로의 팔을 끼지 않고 미묘한 거리를 둔 게 눈에 띄었다.

"어머나, 이게 누구야? 차소원 씨 맞으시죠? 보금 언니 보러 오신 거예요? 언니, 부럽다. 잘나가는 연예인도 오고 몸도 좋아지고."

서둘러 스카프를 두른 차소원이 성만옥과 마종은에게 차례로 묵례했다.

"저 그 드라마 봤어요. 제목은 모르겠는데 아무튼 왕 여사, 그 못돼 처먹은 인간. 진짜 한 대 쥐어패고 싶었는데 신기해라."

마종은이 눈에 힘을 주고 성만옥을 흘겨봤다.

"아니, 뭐, 연기를 너무 잘하셔서."

숨을 고른 노보금이 마종은에게 물었다.

"종은아, 그냥 오지 뭘 갖고 왔어."

마종은이 손에 들린 상자를 내려봤다. 자신이 갖고 있던 포장 용품 중에서 두번째로 큰 리본을 꺼내 덧댄 선물이었다. 상자에는 아무 장식이 없었는데 리본을 매다니 훨씬 격이 있었다.

"아, 별거 아니야. 홍화씨 진액. 뼈랑 피에 좋아. 만옥이랑 같이 샀어."

"이 언니는 뭘 나랑 사? 나도 갖고 왔거든?"

성만옥이 점퍼 안에서 인삼 절편 팩을 꺼내 들었다. 마종은은 선물 두 개를 창밖 아까시나무가 가려지지 않는 자리에 올려뒀다.

"과일 좀 같이 드실래요?"

차소원이 발치의 커다란 바구니를 가리켰다.

"근데 아시다시피 제가 밖에서 씻어 오기가 좀……"

성만옥과 마종은이 가볍게 웃으며 손을 내저었다.

"저희는 됐어요."

"그래요, 소원 씨. 나중에 보금이 손님 또 오면 먹으라고 하죠."

마종은은 커튼으로 병상의 사면을 모두 가렸다. 보조 침대를 빼내 세 문병인의 자리를 마련했다.

*

고지나는 편의점 냉장 코너에서 가장 볼품없어 보이는 주먹밥 하나를 집어 들었다. 전자레인지 앞으로 갈 필요는 없었다. 화가 날 때마다 길에서 찬밥을 우걱우걱 먹는 것. 식용유, 소금, 설탕, 분쇄 고기, 마요네즈로 범벅된 염도 높은 음식을 급히 식도로 넘기는 것. 고지나에겐 그 방법이 이상한 위로가 된 지 오래였다. 남자친구가 자신을 대하듯 스스로를 대하면 마음이 편했다. 정확히는 남이 아니라 자신이 자신을 학대하는 것이 더 낫다는 생각이었다. 남자친구가 원하는 걸 기어이 들어준 날, 그의 압박에 순응한 날. 그런 날 고지나는 누구보다 무료한 표정의 손님이 되어 편의점을 둘러봤다. 편의점을 나서는 대로 당장 아무 차에 치여도 상관없을 것 같다는 심정을 숨기고. 걸음을 뗄 때마다 속에서 출렁이는 슬픔과 울분을 누르고. 휴대폰이 울리자 고지나는 손에 쥔 주먹밥을 놓칠 뻔했다.

[영청시] 대설주의보 발효. 새벽에 내린 눈으로 인해 결빙이 우려되니, 외출 시 가급적 대중교통을 이용해주시고 운전 시 감속 운행을 부탁드립니다. 미끄럼 및 낙상 사고에도 주의 바랍니다.

고지나는 안전 문자를 멍하니 내려봤다. 남자친구의 연락을 피할 길은 없었다. 기상청에서 일하는 그는 영청시 휴대폰 사용자 모두에게 문자를 보냈다.

"가끔은 내 걱정만 해. 오빠는 나 말고도 다른 사람들을 매일 걱정하잖아."

그와 처음 모텔에 다녀온 다음 날, 고지나는 그에게 안전 문자와 관련한 농담을 건넸다. 그 말을 들은 그는 숨을 헐떡이며 웃었다.

"하…… 하…… 그런 생각은 한 번도 안 해봤어…… 하……"

노천카페의 손님 몇몇이 그를 흘겨봤다. 거친 숨소리에 놀란 고지나는 그의 팔을 꽉 쥐었다. 그만 웃으라는 뜻이었다. 간밤에 그와 누워 있던 침대에서 옷도 못 입은 채로 길에 끌려 나온 기분이 들었기 때문이다.

편의점 테라스에 서서 밥을 꾸역꾸역 삼킨 고지나는 첫차 시간을 확인했다. 20분만 있으면 버스가 다닌다. 20분이 지나면 이 기분이 흩어진다. 크리스마스이브 새벽, 더러운 술집 화장실에서 급히 치른 관계였다. 오늘 같은 날은 모텔비가 너무 비싸다는 남자친구의 말이 농담으로 들리지 않았다. 눈이 와서 어차피 일찍 출근해야 한다는 소리는 진담으로 들렸다. 고지나는 휘날리는 눈발을 보며 그를 이해하려고 애썼다. 민감해질 것 없다고, 시간이 지나면 둘이서 이날을 웃으며 기억할 수 있을 거라고.

정류장으로 가는 길목, 대형 교회 앞에는 거대한 크리스마스트리가 놓여 있었다. 전구는 벌써 고운 빛을 냈다. 고지나는 트리 앞에 선 중년 부부를 보고 미소 지었다. 장식이 너무 예쁘다며 감탄하는 두 사람은 서로의 손을 꼭 맞잡고 있었다. 비참한 새벽에 신실하고 다정한 연인을 만나 다행이었다. 버스에 타면, 집에 다다르면 사나웠던 심정이 한결 잔잔해질 수 있을 것 같았다. 고지나가 그들에게 다가섰다.

"저기, 사진 찍어드릴까요?"

"아뇨, 아뇨. 찍지 마세요. 우린 남남이에요."

두 사람은 손을 놓더니 옷깃에 머리를 파묻고는 각자 반대 방향으로 찢어졌다. 정류장에 도착한 고지나는 먼지로 뒤덮인 레테타 광고판을 노려봤다. 엄마가 모집 대상 연령에 들었다면 아마 저 수술을 받았을 것이다. 안 봐도 뻔했다. 고지나는 버스에 올라 차창에 머리를 기댔다. 여자들에게 젊음을 준다니, 괴롭기만 한 시간을 돌려주다니 이해할 수 없었다. 춥고 컴컴한 터널에서 어서 벗어나는 것. 월경을 서둘러 끝내고 임신 걱정에서 해방되는 것. 하루라도 빨리 무성적인 존재가 되어 이렇게 혼탁한 나날에서 자유로워지는 것. 고지나에게 젊음은 특권이 아니라 짐이고 족쇄였다. 귀엽다, 부럽다, 좋을 때다, 이런 소리를 들으면 불난 집 너머에서 자신들을 굽어보는 이들 특유의 여유와 한가함만 느껴졌다. 또래들은 길에 카페에 술집에 학교에 널리고 널렸다. 의식하지도, 감당하지도 못할 특권은 쉽게 약점이 되었다. 어려서 서툴고 거친 생각과 행동은 금세 먹잇감이 되었다.

*

성만옥은 딸이 태어나기도 전에, 앞으로 펼쳐질 날들을 또렷하게 그려볼 수 있었다. 목재 일 외에 모든 걸 열기 없이 쉬엄쉬엄 대하는 남편은 그들의 딸 또한 쉬엄쉬엄 대할 것이다. 잘 모르니까. 익숙하지 않으니까. 영 어색하니까. 남편과 마찬가지로 딸을 처음 만나는 자신은 댈 수 없는 핑계였다. 성만옥은 발을 동동 구르고, 아쉬운 소리를 하고, 신경질을 내는 자신 모습이 그때부터 여러 각도로 떠올랐다. 그는 남자들이 왜 세상사의 연결 고리를 못 보는지 알 수 없었다. 그들이 집중하는 정치, 역사, 스포츠는 뉴스 화면에만 있는 게 아니었다. 그 셋은 일상과 생활에도 분명 존재했다. 먹을 것이 입에 들어가는 일만 떠올려 봐도.

남편에게 냉장고와 가스레인지는 명백히 냉장고와 가스레인지일 뿐이었다. 하지만 성만옥에게 냉장고와 가스레인지는 두 지점 사이를 잇는 수억만 개의 동선을 요구하는 기기였다. 동선은 집 안에서 거리로 뻗어나갔다. 시장, 마트, 오가는 길에 만나는 이웃, 피해야 하는 차량, 어수선하고 험한 풍경.

냉장고와 가스레인지를 사용한다는 것은 해야 할 요리를 궁리해 식재료를 구입하고 손질하고 정리한 뒤, 요리하고 치우고 식재료를 다시 사러 나간다는 뜻을 내포했다. 이 동선을 잇기 위한 체력과 정신력은 항상 바닥 나지 않도록 채워둬야 했다. 너무 방대해서 보이지도, 말할 수도 없는 질서를 만들고 그 질서를 홀로 끈질기게 고수해야 했다. 그렇게 하지 않으면 집은 쉽게 무너질 수 있었다. 마종은은 그런 일을 '기획 노동'이라 부른다고 했다. 기획이든 계획이든 살림이 고역인 것은 분명했다. 하지만 남편은 졸린 딸을 한 번 들어 올려 무등을 태워주는 것으로, 차를 한 번 태워주는 것으로, 친정 엄마에게 전화를 한 번 건 것으로 그날의 과제를 끝냈다. 자신의 일은 마디마디가 영원히 이어지는데 그의 일은 마디마디가 뚝뚝 끊겼다. 자신의 일은 연속인데 그의 일은 불연속이었다. 그런데도 남편은 남들에게 진심 어린 격려와 칭찬까지 받았다.

남편은 성만옥에게 뭔가를 묻고는 대답을 전혀 듣지 않았다. 그는 트림하다, 하품하다, 반찬을 집어 올리다 이 집에 누가 같이 산다는 사실을 잊고 있었다는 듯이 성만옥을 쳐다봤다. 어쩌다 같이 시장에 다녀온 날에도 남편은 장 본 걸 정리하지 않았다. 그는 실내에 소파밖에 보이지 않는다는 듯이 거기 걸어가 앉았다. 간혹 생기는 외식 자리도 마찬가지였다. 그는 밥을 성급하게 먹고 나가 식당 테이블에 자신을 혼자 남겨 뒀다. 혼자 먹으러 간 것과 먹다가 혼자가 되는 것은 전혀 다른 일인데도. 남편은 느릿느릿 뭔가를 하다 성만옥이 큰 소리로 부를 때만 그쪽으로 마지못해 시선을 줬다.

가끔 서로의 눈을 오래 마주할 때가 더 위험했다. 자신의 노고를 잘 아는 것처럼 그윽해 보이는 시선. 그 처연하고 촉촉한 눈빛은 아직은 괜찮다고, 우리는 더 괜찮을 수 있다고 착각하게 만드는 눈빛이었기 때문이다. 성만옥은 그때마다 절대 하지 않으려던 생각을 하고 말았다. 둘 다 재혼이라 해도 여자 사정은 다르잖아. 이이는 나를 이해하고 품어줬잖아. 세상 누가 삿대질해도 신경 쓰지 않았잖아. 그리고 우리에게는 처음이자 마지막 자식인 늦둥이 지나가 있잖아. 성만옥은 도리질 치면서도 그에게 헌신하려는 각오를 저버리기 힘겨웠다. 남편이 웃으면 한 걸음 움직일 수 있었다. 남편이 헐렁하게 웃으며 손을 잡으면 두 걸음 움직일 수 있었다. 그는 별 노력 없이 성만옥 홀로 긴 터널을, 뚜벅뚜벅 또 걸어가게 했다.

성만옥이 새로 알아가는 애인은 혼이 나갈 정도로 매력적인 사람은 아니었다. 잠버릇은 남편보다 고약했고 식욕이 없어 같이 음식 먹는 재미도 떨어졌다. 술은 한 방울도 입에 대지 못했다. 테이블에 미리 물잔이나 수저를 놓아준다든가, 휴지가 필요할 때 빨리 건네주는 일도 일절 없었다. 말이나 표정이 재밌는 축도 아니었다. 성격이 특별히 살갑지도, 돈을 잘 쓰지도 않았다. 배포와 포부가 한 줌도 없는 카센터 남자는 눈에 띄지 않는 납작한 돌멩이 같은 작자였다. 그는 성만옥이 바다에 가고 싶다고 하면 군말도 들뜬 기색도 없이 바다에 같이 갔다. 횟집을 나와서야 사실 회를 잘 못 먹는다고 실토해 사람을 난처하게 했다. 나들이는 어이없을 정도로 심심했지만, 이 정도면 그가 좋은 사람이라고 성만옥은 생각했다. 그래도 그가 우물거리며 말하는 먼 훗날의 약속 같은 건 믿을 게 못 되었다. 운이나 요행을 더는 기대하면 곤란했다. 무거운 말은 결국 얄팍하고, 가벼운 말은 그나마 깊은 법이었다. 자신 역시 입단속을 잘해야 했다. 매일 내 생각을 해달라는 말이나 기댈 수 있게 해달라는 말이 튀어 나가지 않도록 말이다. 그런 부탁은 굴욕스러웠다. 무엇보다 다른 누구도 아닌 남자에게 할 말로 적절치 않았다.

하지만 연민이 생기는 순간부터는 도저히 연정을 접을 수 없었다. 연애 최대의 적도 연민, 인생 최대의 함정도 연민이었다. 돌아보면 누군가의 건강을 살피고 싶을 때, 그 사람 가족의 안위가 신경 쓰일 때는 상대에게 점점 끌릴 시기였다. 하루에도 몇 번씩 미소가 나왔고 오래 움직여도 고되지 않았다. 데이트 자리에 직접 만든 양미리조림이나 고구마순볶음 따위를 가져갈 때는 마음이 끝 간 데 없이 벅차오르기도 했다. 연애에 기승전결이 있다면 이렇게 뭔가를 한없이 주고 싶은 시기가 기와 승이었다. 전과 결은 실망의 연속이었다.

매사에 주의를 잘 기울이는 세심한 남자란 육십 줄이 되도록 눈 씻고도 찾아볼 수 없었다. 이제는 혹시라도 자신을 정성껏 배려하는 남자를 만나게 된다면, 음습한 속셈을 숨기는가 싶어 덜컥 겁이 날지 모를 일이었다. 실제로 두말없이 도망쳐야 할 때도 있었다. 갈치 가시를 완벽하게 발라 밥 위에 두툼한 살을 올려준 남자는 수배 중인 금융 투자 사기꾼이었다. 귓가에 닿는 낮은 목소리가 좋았던 남자는 가짜 뉴스 채널 운영자인 것도 모자라 스물다섯 살 차이가 나는 애인이 있었다. 성만옥은 옆구리를 벅벅 긁었다. 가만 생각하면 남자들에게 반한 순간은 어처구니없도록 자잘했다. 뭐든 잘 먹어서. 손이 고와서. 웃음이 예뻐서. 말을 대뜸 안 놓아서. 계란찜에 침 묻은 숟가락을 꽂아두지 않아서. 국그릇 안에 담배를 비벼 끄지 않아서.

감정이 오르락내리락할 때면 바지런하게 움직여야 잡념을, 기대를 꺼뜨릴 수 있었다. 마음이 밝고 충만했던 나날은 달이 지듯 금세 저물었다. 요리와 간병 횟수가 늘어나고 돌보는 일에 슬슬 진력이 날 즈음엔 상대를 향한 감정도 휘발하고 말았다. 아무리 마음을 닦아도 이물질이 사라지지 않았다. 다정하고 비겁했던 남자들은 결국 비겁한 남자들로 기억에 남곤 했다.

성만옥은 카센터 남자를 왜 만나는지, 지금 왜 그 사람 곁에 있고 싶은지 잘 알고 있었다. 전 아내와 살 때 정관수술을 순순히 했다는 것, 밋밋하고 맹한 구석이 있어도 공격적이지 않은 것, 그리고 방화범의 면모가 전혀 없다는 것, 이 셋이면 충분했다. 그는 살면서 집 근처는커녕 물가 옆에서라도 몰래 불을 지를 생각을 추호도 해본 적 없는 게 분명한 이였다. 무언가를 한순간에 짓밟고 망치려 드는 기질이 아예 없었다.

"그래, 다 필요 없고 불만 안 지르면 되지."

성만옥이 혼자 중얼거렸다.

"엄마, 뭐 해. 나가자며. 집밥 지겹다며."

고지나의 성화에 성만옥이 점퍼를 집어 들었다. 문간에 서자 찬바람이 불어왔다. 맑고 추운 하늘 아래 눈이 쌓여 있었다. 그는 고운 눈밭에 발을 디뎠다. 남자들과 몇 번의 촌극을 통과하면서 성만옥은 이 같은 진리를 깨달은 바 있었다. 이전 만남을 후회하고 새 만남을 수긍하면서 흔히 내리는 단정, 'A가 아니라 B였어야 했다'는 거푸집은 사실상 무용한 틀이라는 것을. 이 틀은 어디까지나 실체가 아닌 양태를 담을 뿐이라는 것을. 그러니까 잘못된 틀로는 제대로 된 답을 찾을 수 없다는 사실을 말이다. 대상의 문제가 아니었다. 주어가 아니라 술어가 틀렸다. 이런 식의 진단이면 'B가 아니라 C였어야 했다, C가 아니라 D였어야 했다'라는 판단도 얼마든지 가능했기 때문이다. 그러니 이 단정은 영원한 탄식, 끝없는 무질서로 가는 길이었다. 다른 단정, '그놈이 그놈이다' 같은 쉬운 틀은 길도 아니었다. 그건 지푸라기와 넝쿨로 입구가 아예 막힌 길이랄 수 있었다. 성만옥은 자신의 생각이 수학적인 사고방식이라는 사실을 인지하지 못했다. 오래전 여러 철학자가 자신과 비슷한 논리로 인간과 세계를 골똘히 탐구했다는 사실 역시 알지 못했다.

남자는 그냥 당이야. 달콤하지만 해로운, 혈관 질환을 일으키는 당. 그러니까 되도록 멀리하면서 고될 때 아주 가끔만 찾아야지. 하지만 좋을 때만 안지 말자. 싫을 때도 안아주자. 좋을 때만 가까워지는 건 너무 서글프잖아. 그 사람의 반응보다 중요한 건 지금 내 마음. 내가 누군가를 좋아하고 있다는 사실이 중요한 것. 내 속을 오가는 밀물과 썰물을 느끼는 것으로 충분하니 욕심내지 말아야 한다. 뭘 같이 해야 한다고 생각하지 말고, 끝까지 같이 간다는 생각도 말고. 그래, 다정하고 비겁한 남자들. 그래도 결국 비겁했다고 매듭짓지 말고, 한때 다정했다고, 한때라도 다정해서 따뜻했다고 여기자. 그걸로도 고맙지. 그러니 만옥아, 어렵더라도 눈앞에 보이는 걸 액면 그대로 받아들이자. 상대의 언행을 구태여 여러 번 해석하지 말자. 지난 일을 들춰 나와 남을 쑤셔대지 않기로 하자.

성만옥은 잠들기 전마다 투박하고 거친 결론을 내렸지만, 그 판단엔 허위가 없었다. 무엇보다 그는 연애의 속성이 몹시 단순하다는 것을 깨달은 지 오래였다. 그저 아는 것보다 모르는 것이 많으면 된다. 영영 모를 걸 어떻게든 알고 싶은 심정이 연정이다. 모든 연애란 미지에 대한 호기심으로 시작된다. 남자만 낯선 여자에 끌리는 게 아니었다. 영혼 따위는 안중에 없이 상대의 육신에 탐닉하는 것도 남자만 하는 짓이 아니었다.

뒤돌아선 성만옥이 자신의 발자국을 내려다봤다. 깨끗한 눈밭은 얼마 안 가 진창이 될 것이다. 새로운 연애는 곧 그가 봤던, 거기 속해 있었지만 물러나 지켜보게 되었던 고만고만한 촌극 중 한 편이 될 것이다. 이 짐작은 전혀 비관적이지 않았다. 싱싱한 눈이 왔고 눈이 녹으면 길이 더러워진다. 그저 그뿐이다. 성만옥은 지난날과 마찬가지로 현실의 체구와 체취를 그대로 받아들이려 애썼다.

*

보리밥집에 들어온 성만옥과 고지나는 주문 후 한참이나 말이 없었다. 성만옥은 딸이 자신을 계속 주시하고 있다는 걸 알고 있었다. 점심시간이 지나서인지 가게에 손님은 없었고 쟁반을 내려둔 주인은 금세 방 바깥 TV 앞으로 자리를 옮겼다. 국을 한 숟갈 뜬 성만옥이 장판을 만지작거리다 말했다.

"아욱국 맛있네. 육수 제대로 뽑혔다. 너도 얼른 떠먹어봐. 아까 소화 잘 안 된댔지? 여기 다시마무침도 먹고. 체기엔 다시마야."

고지나는 기다렸다는 듯이 물었다.

"엄마, 언제까지 아빠를 공장에서 살라고 할 건데?"

"내버려 둬. 거기가 편하대."

"아빠가 무슨 공장 개야?"

딸은 숟가락을 내려두고 식당 벽에 등을 기댔다. 성만옥이 참기름 통을 보며 말했다.

"아니, 못 지낼 것도 없지. 거기 부엌에 화장실에 보일러까지 다 있는데."

주변을 다시 살핀 고지나가 목소리를 줄이고 말했다.

"엄마, 나는 솔직히 아빠가 불쌍해."

딸은 언제나 아빠에게 더 마음을 줬다. 그는 늘 멀찍이 비켜 서 있는 사람이었으니까. 딸 가까이 붙어 바닥까지 보일 일이 없었으니까. 그래도 이렇게 대놓고 본심을 말하다니.

"나 봤어. 엄마가…… 다른 사람 만나는 거. 아빠가 엄마…… 데이트 장소까지 차에 태워주는 거."

이거였구나. 알게 모르게 박하게 군 이유가. 조용히 콧김을 뿜은 성만옥은 딸의 비난을 한동안 견뎌야 한다고 생각했다.

"세상에 그런 사람이 어딨어?"

그런 사람. 남편과 함께 애인을 만나러 가는 사람. 그래, 남자에 미쳐서 볼썽사나운 사람.

"그렇게 헌신하는 사람이 어디 있냐고?"

이어지는 말에 성만옥이 고개를 들었다. 딸은 자신을 비난하기 전에, 남편을 치켜세우고 있었다. 딸의 입이 다시 벌어지는 순간, 성만옥은 눈을 질끈 감았다.

"엄마가 아빠 심정을 한 번이라도……"

그는 고지나의 말이 끝나지 않았는데도 참지 못하고 말했다.

"이미 끝난 사이야."

"그럼 그냥 이혼하지, 왜 안 갈라서?"

"떨어져 사는데 그게 뭐가 중요해."

"혹시 나 때문에 그런다는 소리는 하지도 마. 혼삿길이 막히네, 뭐네. 그런 말은 필요 없으니까."

한참이나 대꾸 없이 있던 성만옥이 궁채나물을 집어 열심히 씹었다. 줄기가 아드득아드득 짓이겨지는 소리에 고지나가 헛웃음을 지었다. 못 볼 걸 봤다는 얼굴이었다. 성만옥은 속으로 대꾸했다.

'그래. 남편이 네 결혼식까지는 아버지로 있겠다고 했어. 나한테 받은 돈으로 네 첫 차를 사줬으니까 다음 차는 자기 돈으로 사줄 때까지 버텨달라고 했다고.'

그는 내내 속으로 외쳤다.

'그러니까 이렇게 오도 가도 못하고 휘도는 기분. 입구도 출구도 안 보이고 계속 휘도는 기분. 몸에 열이 가득 고여 정신없이 휘도는 기분. 네가 그걸 알아?'

"엄마, 갱년기야? 근데 갱년기가 너무 긴 거 아니야? 그거 사십대, 오십대에서 끝나는 거 아니었어?"

'갱년기? 갱년기가 정답이면 문제가 없어져? 나도 너처럼 복잡해. 매일매일 쉬운 게 없어. 내 상태를 대충 싸잡아

묶을 말이 그냥 갱년기 하나야?'

"황혼 이혼 같은 소리, 나도 많이 들어봤어. 엄마 나이 때 겪는 감정이라니까, 어쩌면 흔한 일일 수 있다고 이해해보려고 했어. 그럴 수 있다 치려고 했다고."

'그럴 수 있다 치자니. 아무 말 하지 마. 듣기 짜증 나니까. 그 말이 널 위한 거지 날 위한 거야? 네가 이 기분을 겪어봤어? 한없이 가라앉고 한없이 후덥지근한 이 기분을. 이건 너희 아빠랑 따로 지내서가 아니야. 너를 키워놓고 외로워져서 누굴 만나는 것도 아니야. 나는 뚫고 나갈 힘은 있는데, 뚫을 데가 안 보이는 거야. 문을 부술 수 있는데 문이 어디 있는지 모르겠다고.'

"엄마, 왜 말이 없어? 창피해서 그래? 그러니까 창피할 짓을 왜 해?"

딸의 입에서 갱년기란 단어가 튀어나온 순간부터 성만옥은 정면을 보지 않았다. 벽지에서 방석으로, 방석에서 달력으로 시선을 옮길 뿐이었다. 성만옥은 딸이 아는 갱년기 증상이 열감 하나일 거라고 짐작했다. 그때는 수시로 땀이 흘렀다. 뜨겁고 매운 음식을 먹을 땐 상체가 다 젖는 듯했다. 2킬로그램짜리 냉동 블루베리 팩을 끌어안고 지내야 했던 시절, 딸은 에어컨 온도를 높이고 한숨을 쉬었다. 뒤

돌아 있어도 거울로 딸의 표정이 보였다. 자신에게 묻고 싶은 게 없는 얼굴이었다.

그때도 지금도 고지나는 엄마가 온전한 어른으로 사는 걸 회피하는 거라고, 영원히 미성숙한 인간이 되고 싶은 거라고 여겼다.

'나 좀 어떻게 해줘. 내 외로움을 좀 봐줘. 내 인생을 제발 좀 알아줘.'

고지나는 엄마가 입을 다물고 있는 순간에도 시끄러운 목소리를 들었고, 그럴 때마다 고개를 힘껏 돌리고 싶었다. 본인의 삶을 누구에게도 의탁하지 말고 본인이 챙기라고 윽박지르는 대신 필사적으로 달아나고 싶었다. 부모에게 진실을 고하는 일이 필요 이상으로 잔인한 짓 같았다. 당신을 제발 직시하라는 요청은 아무리 합당해도 결국 부당한 것 같았다. 그러나 자기 몫의 고독을 감당하지 못하는 엄마는 옷을 입고 있어도 알몸인 것처럼 느껴졌다. 점퍼를 낚아챈 성만옥이 나지막이 말했다.

"네 아빠가 공장에 불을 질렀어. 나는 불을 지르고 싶은 사람과는 살 수 있어도 불을 지른 사람과는 살 수 없어."

*

사랑 없는 가정이 되는 건 얼마나 쉬운지. 혼자 식탁을 차지한 마종은이 주위를 찬찬히 훑어봤다. 이 집에서 자신을 골똘히 바라보는 사람은 아무도 없었다. 오늘뿐 아니라 10년 전, 20년 전에도 그랬던 것 같았다. 남편은 TV를, 아들은 휴대폰을 봤다. 가끔 남편이 휴대폰을, 아들이 TV를 봤다. 1층에서 종종 책을 읽는 며느리도 자신과 눈을 마주치진 않았다. 아들 부부 그리고 남편과 만나는 저녁은 너무 짧았다. 자신도 지치긴 했지만, 그들은 더 지친 채로 귀가했다. 모두 일찍 나가 일을 하고 늦게 돌아오는 집. 힘을 다 쓴 뒤, 고되고 춥고 쓸쓸한 육신만 오는 집. 그 집에 낡고 닳은 평화가 있을진 몰라도 사랑은 없었다. 한 가정에서 사랑이 빠져나가는 일이란 이토록 손쉬웠다. 누군가 억지로 훼손하지 않아도 되었다. 아무 공과 완력이 쓰이지 않았다. 이렇게 되기까지는 그저 흘러가는 시간만 필요했다. 매일매일 낙숫물처럼 누수되는 시간이.

설거지를 막 시작했던 마종은이 수도 레버를 내렸다. 2층에서 고성이 들리는 것 같았다. 앞치마에 손을 닦은 그가 계단을 천천히 올랐다. 아들의 목소리가 점점 선명하게 들렸다.

"말이 돼? 몸을 제멋대로 만들겠다는 사람들이 너한테는 저스트 오케이냐고."

맞은편의 유구희는 한숨을 쉬고 말했다.

"네가 무슨 상관인데?"

마종은을 발견한 아들이 큰 소리로 물었다.

"엄마도 찬성해? 레이디스, 테이크 유어 타임?"

계단 기둥을 매만지던 마종은이 대꾸했다.

"그게 좀 흉측하지 않니? 섭리에도 어긋나고."

어차피 이 집 사람들에게 말할 생각도 없었다. 노보금이 그 흉측하고도 섭리에 어긋나는 수술을 받았다는 사실을. 아들이 득의양양한 표정으로 유구희를 쳐다봤다. 유구희는 마종은을 쳐다보며 말했다.

"어머님, 수술하든 말든 그 사람들 선택이고 권리죠. 더 행복해지겠다는 결심에 우리가 무슨 말을 보태요? 여자가 남자로 살기 위해, 남자가 여자로 살기 위해 수술하기도 하는데요. 그것도 심지어 이미 오래된 일이에요."

"그게 같아?"

아들이 어깨와 두 손을 위로 쳐들며 소리쳤다. 마종은의 눈에 그 동작은 너무 미국식 같았다. 아들의 얼굴은 언젠가 본 서부 영화에서, 죄인들은 곧 불의 심판을 받을 거라고 소리치던 개척교회 목사와 겹쳐 보였다. 유구희는 물러서지 않고 답했다.

"같아. 똑같은 인권 문제야. 자기한테 더 맞는 몸으로 가려는 거잖아."

"인권? 디드 유 세이 휴먼 라이츠?"

아들이 머리통을 완전히 젖혔다. 허공에 누가 있기라도 한 것처럼. 죄를 짓는 인간들을 대신해 신에게 한탄이라도 하는 것처럼.

"방금 재가 인권 운운한 거 들었어요?"

마종은은 아무 말도 하지 않았다. 아들의 얼굴이 점점 달아올랐다.

"엄마, 인권이 어떻게 쓰이는 말인지 알아요? 흑인들한텐 인권이 너무 많아요. 게으른 거지들이 애만 낳아 나랏돈을 낭비하죠. 걔네들은 총을 맞아도 달려와요."

눈을 깜빡이던 마종은이 아들에게 물었다.

"너 흑인 친구들이 있니?"

"없어요."

"지인은?"

"없는데요."

"알고 지내는 사람이 한 명도 없어?"

"네, 낫띵."

"실제로 피해나 위협을 받은 적이 있어?"

"아뇨."

"그런데 왜 그 사람들이 밉니?"

"워, 그건 엄마가 잘 몰라서 그래. 내 친구가 다쳤어. 그 자식들 때문에 내 친구가 다쳤다고. 걔네들을 위해서 세금도 꼬박꼬박 내던 애가."

아들의 다음 말은 알아들을 수 없었다. 그는 영어로 화를 냈고, 말엔 욕설도 섞여 있었다. 아들을 달래기 위해 몇 걸음 나섰던 마종은은 그만 마음을 바꿨다. 그는 아들 대신 유구희의 등을 도닥여주었다.

방에 들어가 불을 끈 마종은이 호흡을 가다듬었다. 태양숭배 자세를 해도 엉킨 숨이 잘 풀리지 않았다. 그는 지난 가을 워크숍에 자신이 초빙했던 강사를 떠올렸다. '진정한 자아 찾기'라는 구태의연한 제목의 수업이었다. 강사는 참석자들에게 이곳과의 대척점을 찾아보라고 했다. 마종은을 포함한 들쭉 회원들은 자신의 현재 위도와 경도를 주소창에 넣고 검색한 위치를 확인했다.

"나와 가장 먼 곳, 반대편에 무엇이 있는지 살펴보셨나요? 저는 사는 일이 막막하고 어지러울 때 두 가지를 묻곤 해요. 내 반대편의 그곳은 이곳과 뭐가 같고 뭐가 다를까. 그리고 지금 이 자리의 나는 몇 년 뒤의 나와 뭐가 같고 뭐가 다를까."

회원 하나가 입이 찢어질 듯 하품하자 마종은이 급하게 손을 흔들고 질문했다.

"장소랑 시간이 왜 중요할까요?"

조용히 미소 짓던 강사가 말했다.

"장소, 시간, 심경, 그 모든 건 변하니까요. 그리고 변한다는 게 위로가 되니까요."

마종은이 얼떨결에 다시 질문했다.

"변하지 않는 것도 많은데요. 가족 간의 사랑이라든가 천륜이라든가."

"선생님이 맺고 계신 관계가 굳건하다면 너무 부러운데요. 사실 아쉬워도 모든 건 변하지 않나요? 변하는 건 오히려 조화로운 겁니다. 뭔가가 비워지면 뭔가가 채워지잖아요. 물론 작별 자체는 어려운 일이죠."

태양 숭배 자세에서 독수리 자세로 몸을 바꾼 그는 유학 간 아들을 살피기 위해 미국에 갔던 일을 생각했다. 3주간의 여정이었고 한국으로 돌아왔을 때는 4킬로그램이 빠진 상태였다. 아들은 부모의 체력을 염두에 두지 않았다. 식성을 고려하지 않았다. 마종은과 그의 남편은 지프차 뒷좌석에 실려 끝없는 도로를 내달렸다. 그랜드캐니언은 으슬으슬했다. 화장실은 멀고 불결했다.

"더 뒤로요. 뷰 잘 나오게. 아니, 엄마가 아빠 사이드로 더 붙어."

사진을 몇 장 더 찍었다간 절벽 아래로 굴러떨어질 것만 같았다. 햄버거는 짰고 스테이크는 더 짰다. 백인들은 눈을 맞추며 환히 웃어줬지만, 그 미소는 자신들 뒤편으로 순식간에 흩어지는 듯했다. 그들 부부는 누구에게도 부탁과 요청을 할 수 없었다. 점원이 뭔가를 되물으면 남편은 틀린 말을 내놓을까 봐 입을 닫았고, 그런 그를 보던 마종은의 입도 닫혔다. 결국 문법에 맞는 영어를 구사할 수 있는 아들이 3주 내내 부모를 쥐락펴락할 수 있는 통제권을 쥐고 있었다. 미국에서 보는 아들은 어렵고 낯설었다. 그는 때때로 대단해 보였다. 때때로 대단찮아 보였다.

마종은은 유구희에게 거의 처음으로 묘한 동질감을 느꼈다는 사실을 인정했다. 아들의 내면은 짐작보다 삭막했고 두 여자는 그가 뿜어내는 매캐한 열기에 말을 잃고 말았다.

어떤 여자들은 결혼 후에 알게 된다. 이 세상이 어떤 울타리로 둘러쳐져 있는지. 비좁은 막사 안에 들어서고 나서야 바깥의 말뚝이 하나둘 눈에 띄는 것이다. 어린 시절엔 그냥 걸려 넘어지고 말았던 말뚝이, 재수 없었다며 웃어넘기고 말았던 말뚝이, 누워 있을 땐 잘 안 보이다가 일어나 보면 이렇게 촘촘하게 박혀 있는 말뚝이.

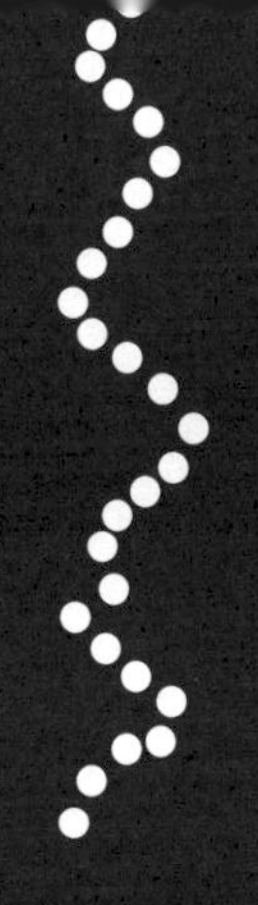

3부

유어 타임

레테타 수술 회복기를 거치고 퇴원을 앞둔 여자들이 의료원 1층에 모여들었다. 경과와 예후 확인을 위한 모니터링 자리였다. 약식으로 진행된다던 정신 건강 상담은 끝내 취소되었다. 문진표 작성을 돕는 직원들은 성대에 힘을 빼고 노래하듯 말했다. 말이 어디에도 고이지 않고 쉽게 흘러가도록. 대수롭지 않게 지나가도록.

"어머니, 이 칸은 체크 안 하셔도 돼."

"나 치아는 그대로인데, 좋아졌다고 해요?"

"평소에 어떠신대? 담배 안 하시지? 치실 안 쓰시지? 그럼 중간으로 표시."

오십대가량의 여성 직원들은 똥, 오줌, 피, 치매, 우울 같은 단어를 비슷한 속도로 내뱉었다. 심각한 말이 전혀 심각하게 들리지 않았다. 노보금은 보기에 따라 다소 무례하고, 다소 격의 없는 직원들을 가만히 바라봤다. 수도권에서 봐왔던 냉랭한 직원들과는 전혀 다른 태도였다. 잠시 후 이유를 가늠할 수 있었다. 완급 조절. 매일 고령의 환자들을 맞이하는 그들이 매일 진지한 태도를 고수한다면 얼마 안 가 제풀에 나가떨어질 것이다. 실제로 환자들은 심상한 대응에 안도하는 것 같았다. 직원들도 심상한 대응을 했기에 다음 날에 출근할 수 있을 것 같았다.

녹작지근한 실내 공기 때문인지, 같은 수술을 치렀다는 동지애 때문인지 여자들은 서로에게 금세 곁을 내주었다. 불분명한 질문, 맞았는지 틀렸는지 모를 답이 내내 오갔다. 옳은 말을 하는 이가 없으니 아무 말이나 할 수 있었다. 문진표 끝줄엔 수술 후 몸의 상태와 가까운 수식을 택해 표시하라는 지문이 있었다. 현재 심신의 상태는 커다란 네모 칸 속, 30여 개 형용사에서 중복으로 고를 수 있었다. 여자들이 가장 많이 고른 표현은 세 가지였다.

가볍다. 산뜻하다. 편안하다.

문진표 작성을 마친 노보금이 바닥의 안내선을 따라 영상의학과에 다다랐다. 탈의실에 있던 여자들이 두런거리고 있었다.

"목걸이도 빼는 거예요?"

"쇠붙이는 다 빼야 하지 않을까요?"

"박의 인턴한테는 두 번 못 물어보겠어요. 일진 사나워 보여서."

유방을 검진받을 땐 실내가 밝았다. 질을 검진받을 땐 실내가 어두웠다. 초음파 검사실 간호사가 조명 조도를 낮췄기 때문이다. 노보금은 불을 환히 켜달라고 부탁할 생각까지 들진 않았다. 하지만 다리를 벌린 여자들이 수치스러울 거라고 여겨, 미리 배려하는 의료진에게 사뭇 고마운 심정까지 들진 않았다.

*

들쭉에는 새 회원들이 대거 들어왔다. 레테타 반대 집회에 꾸준히 나갔던 이들이 다수였다. 에코페미니즘을 기반으로 한 활동이 중심이었던 들쭉은 점점 정체불명의 모임이 되어갔다. 신입 회원들은 어쩐 일인지 늘 화가 나 있었다. 응접실로 차를 나르던 마종은은 테이블 왼쪽의 여자를 훔쳐봤다.

"영수증 처리를 그렇게 하시면 안 되죠. 상식적으로."

이어서 테이블 오른쪽의 여자를 훔쳐봤다.

"걔네 원래 그래요, 변호사님. 주소 옮기는 건 일도 아니거든요."

노크 없이 응접실 문을 연 강사가 소리쳤다.

"수업 시작하겠습니다."

마종은은 들쭉에 5년째 출강 중인, 뻔한 수업료에도 늘 유순하게 웃던 강사까지 화가 났다는 사실을 알 수 있었다.

영청 곡물로 식물성 버터를 만드는 수업은 도중에 진도가 몇 번이고 멈췄다. 기존 회원들이 다음 과정을 조용히 일러줘도 신입 회원들의 잡담이 끊이지 않았기 때문이다.

"둘째 딸애 결혼식에 걔가 50을 보내줬더라고. 무슨 돈이 있다고."

"아유, 걔가 참 그래. 내가 전에 괜히 오해했잖아. 흥분할 일도 아닌데."

"저기, 저, 저, 저 우리 계모임 장은 결혼식 오지도 않고 입 싹 닫았지? 아무리 타타타 수술받고 바쁘대도 어쩜 그래? 나는 이번에 아주 학을 뗐어."

"말 나온 김에, 인간이 도리가 있어야지. 아주 지삐 몰라."

"모임 장, 그 여자. 나는 원래 별로였어. 턱이 뾰족해서는 관상에 복이 없잖아."

마종은은 완성되다 만 회원들의 버터를 기름종이와 노끈으로 빈틈없이 감싸 돌려줬다. 들쭉을 꾸려가는 동안 여자들의 우정이 여러 색, 여러 무늬라는 사실은 익히 체감하고 있었다. 하지만 이들이 유독 인간사를 들먹일 때 내세우는 근거는 꽤 단순했다. 오십대를 통과하며 여자들은 인생의 고락에서 누가 뭘 얼마나 내어줬는지 확실히 기억했다. 관계의 깊이나 폭과 상관없이 물질이 증거였다. 이 편향은 힘이 셌다. 게다가 확증이 심해지면 파벌이 생길 위험이 따랐다. 마종은 자신도 이들과 비슷한 나이였지만, 자신에게서 새어 나올까 두려운 기질이었다.

엄청난 대담함, 무시무시한 폐쇄성, 예상치도 못한 온정, 측량할 수도 없는 희생정신. 냉탕과 온탕을 아무렇지 않게 드나드는 여자들. 때때로 자신이 자신을 알 수 없듯, 그도 여자들을 알 수 없었다. 창가에 기댄 마종은은 번화가로 향하는 회원들의 뒷모습을 바라봤다. 수업이 엉망진창이어도 버터를 두고 간 회원은 한 사람도 없었다.

번화가 초입, 극장에서 나온 여자들이 큰 소리로 깔깔거렸다. 신체를 개조해 맨몸으로 우주까지 갈 수 있는 여자가 주인공으로 나오는 인도 영화를 보고 나오는 길이었다. 레테타 수술을 받은 그들은 전에 본 적 없던 여성 히어로물을 보고 싶었다.

"어떻게 주먹에서 그 큰 불꽃이 나가? 근데 왜 자기는 하나도 안 타? 아주 혼자 난리 블루스야."

"그러게, 동네를 홀라당 다 태워먹고 저만 멀쩡해."

"맞다, 예전에 우리 동창회 총무 있잖아. 필용인가, 용필인가, 이혼 세 번 한 애."

"걔 처음에 결혼한 여자가 피아노 선생이었나, 일식집 사장이었나."

"그게 뭐가 중요해? 아무튼 걔는 암 판정받고 암자 근처 가서 살더니 여태 안 죽고 멀쩡하대. 간 지 10년도 더 넘지 않았어?"

"어차피 죽을 놈은 죽고 살 놈은 사는 거지."

"오진 아니야? 병원 몇 군데는 돌아봐야 확실해."

여자들은 자신들의 몸이 얼마나 달라졌는지 아직 온전히 의식하지는 못했다. 수술 전에도 갖고 있었던 것을 몸 안에 그대로 지니고 있었기 때문이다. 특유의 투지와 생활력 그리고 현실적인 시야와 성격. 그들은 그저 아무리 일해도, 떠들어도, 돌아다녀도 고단하지 않았다. 시름시름 앓을 일이 없었다.

*

"아, 이럴 줄 알았어. 시간 버렸잖아. 넌 이런 영화를 왜 보자고 한 거야?"

고지나가 남자친구를 멍하게 쳐다봤다. 극장 데이트를 하자고 한 건 그였다. 막상 와보니 볼 게 없다고 투덜거린 것도 다름 아닌 그였다. 상영작 중에서 적당한 영화를 골라 표를 끊고 팝콘과 콜라를 산 건 그가 아닌 자신이었다. 고지나는 컵을 만지작거리다 빨대를 입에 가져갔다. 남은 건 얼음 몇 개뿐이라 콜라가 잘 딸려 오지 않았다. 그래, 이럴 줄 알았으면 혼자 도서관에 가는 게 나았다. 그의 연락을 받고 생각을 바꾸는 게 아니었다. 도서관은 언제든 갈 수 있다고, 중요한 일정이 아니라고 여긴 게 후회스러웠다.

"그렇게 별로였어? 난 괜찮던데. 인도가 낯설어서 그래? 여자 주인공이 낯설어서 그래?"

"아니, 그게 아니고. 유치하잖아. 너는 어떻게 이런 걸 좋아하냐? 수준 진짜 뭐야."

남자친구가 뒤늦게 익살스러운 표정을 지어냈지만 그렇다고 비열한 공격이 가벼운 장난이 되는 건 아니었다. 고지나는 극장 주차장에 도착할 때까지 입을 열지 않았다. 아니, 그게 아니고. 아니, 그거 말고. 아니, 아니. 남자친구는 자신이 말을 다 끝내지 않았을 때 말을 끼워 넣었다. 말을 시작하자마자 끊을 때도 있었다. 확실한 것은 그런 순간이 더 잦아지고 있다는 사실이었다.

고개를 숙인 고지나는 흰색 주차선을 내려봤다. 머릿속에 배구 경기장이 그려졌다. 수많은 사람 중 남자친구와 한 팀이 되어 게임을 하고 있다고 믿었는데, 그가 있는 자리는 반대편 네트였다. 거기서 그는 엄청난 힘으로 공을 내리쳤다. 틈을 노린 다음 공을 여유 있게 떨어뜨렸다. 막을 수 없는 공을 던지고 회심의 미소를 지었다. 이어서 고지나의 머릿속엔 한 번도 가보지 않은 야간 산행길이 그려졌다. 남자친구와 한 팀이 되어 동행하고 있다고 믿었는데, 그가 있는 자리는 자신 곁이 아니었다. 거기서 그는 등을 보였다. 비탈길에 혼자 남은 자신을 돌아보지 않았다. 땀이 식어 한기가 들이차도 손을 잡아주지 않았다.

고지나는 우그러뜨린 컵을 쓰레기통에 던져 넣었다. 그만두자. 기대도 구걸도. 그는 남자친구가 넘긴 공을 막으러 가다 엎어져 무릎이 까지는 자신 모습을 볼 수 있었다. 남자친구를 따라가다 길을 잃고 훌쩍이는 자신 모습을 볼 수 있었다. 전부 상대의 잘못이라고 할 수는 없었다. 게임 전에 정신을 차리고 룰과 팀원을 잘 살펴야 했다. 산행 전에 생수, 로프, 손전등을 진작 챙겨야 했다.

"오늘 이 영화 잘 봤다. 잊지 못할 것 같아."

"뭐래. 인생 영화라도 됐어? 아직도 적응 안 돼. 개연성이랑 핍진성이 없잖아. 여자들이 갑자기 노래하고 갑자기 춤추고. 완전 망상이던데."

"망상은 내가 했지. 내가 오빠를 좋아하고, 오빠도 나를 좋아한다고."

"아니, 뭔 소리인데? 그깟 영화 욕 좀 했다고 이럴 거야?"

고지나는 그와 한참 동안 실랑이를 벌였다. 말이 오갈수록 그가 연인이었다는 사실이 농담으로 느껴졌다. 마지막으로 들은 말은 진담으로 느껴졌다.

"너만 헤어지고 싶은 줄 알아? 나도 그래."

남자친구가 반대편 네트에 그대로 머물러 있어서, 산길을 또 혼자 먼저 걸어서 다행이었다.

[영홍시] 많은 눈이 예보되어 있으니 안전사고에 유의하여주시기 바랍니다.

불 꺼진 방에 누워 있던 고지나는 눈살을 찌푸린 채 휴대폰 화면을 들여다봤다. 액정에서 나오는 빛이 유달리 날카로웠다. 분명히 단순한 안내 문자인데 석연치 않았다. 눈앞의 문장이 그가 보내는 경고처럼 보인다는 게 말이 안 된다는 걸 알아도.

*

폭설이 심한 몇 주간, 영청에는 한 운동 용품 기업에서 만든 인공 근육 패치가 유행처럼 퍼졌다. 광고 모델은 이름 모를 젊은 백인 커플이었다. 자문과 개발을 맡았다는 의사의 이름은 상자 어디에도 표기되어 있지 않았다. 근육 패치와 혈액순환 압박용 밴드를 몸에 두른 여자들은 레테타 수술을 받은 여자들보다 더 사이보그처럼 보였다. 하지만 장치에는 오작동이 잦았고 전극 패치 충전 시간도 지나치게 오래 걸렸다. 크고 작은 누전 사고가 잇따라 벌어졌다. 전선을 험하게 다루거나 멀티탭에 다른 콘센트를 주렁주렁 꽂아 발생한 일이었다. 여자들은 다시 미세 전류가 방출되는 건강 목걸이와 동전 파스를 찾았다.

들쭉은 여성들의 재생력과 회복 탄력성을 주제로 한 세미나와 워크숍을 연이어 열고 참여자들에게 근육 이완에 좋은 작약차와 감초차를 내줬다. 만춘은 가게 앞에 '혈전, 골다공증 OUT! 건강한 마실 거리, 먹거리로 면역력 UP!'

이라고 적은 야외 칠판을 놓고 기존 음료 메뉴에 계피차와 메밀차와 인삼차를, 식사 메뉴에 통곡물마늘빵과 시금치 베이글을 추가했다.

'관절염과 혈관 질환 개선, 뼈와 연골 건강 특효, 보건복지부 지정, 인증 의료 기관, 임상 완료.' 영청시청 앞 인쇄소 테이블엔 매일 엇비슷한 문구의 출력물이 쌓여갔다.

"이게 다 뭐야?"

인쇄소 사장의 딸이 작업대 위에 2천 매쯤 쌓인 제약품 광고지를 보며 물었다.

"MSM, NAG, 글루코사민, 타히보, 천심련, 비타민 D, 마그네슘, 보스웰리아, 녹색잎 홍합, 산호 칼슘, 상어 연골 추출물, 콘드로이친…… 말도 안 돼."

"그걸 뭐 하러 읽어? 눈 아프게."

"아빠. 콘드로이친이 상어 연골 분말인데? 그리고 여기 효과 없는 걸로 밝혀진 성분 많아."

안경을 고쳐 쓴 사장은 식약처 보건연구사인 딸을 잠깐 쳐다봤다. 두 사람은 광고지를 들어 얼굴 가까이 댔다. 성분들의 이름보다 더 작아 흑점처럼 보이는 글자가 맨 아래 있었다. 'FDA 승인 예상. 상기 제품은 건강 기능 제품으로 증상 개선에 도움을 줄 수 있습니다.'

수영장과 실버 전용 헬스장은 전부터 신규 등록이 어려웠지만, 이제 더 자리가 나지 않았다. 겨우내 대로마다 새 건물들이 들어섰다. 요가 수련원, 순환 운동 센터, 정형외과 병원, 도수 치료 전문 한의원, 보장구와 보철구 취급점, 노인 장기 요양 보험 상담소, 프리미엄 전동 침대 판매점, 저주파 마사지 기기를 여러 개 들여놓은 찜질방, 시니어 영양제와 진통제를 주력 상품으로 둔 약국.

모든 가게 출입구엔 '영청 페이 카드 가맹점'이라는 스티커가 붙었다. 출입구 옆엔 이벤트 기간 한정 상품을 소개한 전단이 놓였다. 몇몇 점포는 오픈 기념 연예인 사인회 현수막을 내걸었다. 레테타를 원했지만 수술받지 못한 여자들을 위한, 레테타를 원하지 않았지만 수술받은 여자들을 주시하는 여자들을 위한 공간이 어느새 도시 곳곳에 늘어나 있었다.

*

차소원이 병실을 떠난 뒤, 노보금 곁에 더 있으려던 두 사람은 마음을 바꿔 자리를 정리하고 일어섰다. 노보금의 안색이 좋지 않았기 때문이다. 병문안이라는 명분으로 세 사람이나 상대해야 했던 환자는 그만 쉬어야 했다. 병실 밖을 나온 성만옥이 마종은의 옷깃을 잡고 속삭였다.

"차소원, 그 사람. 보금 언니 친구 아니야. 그냥 아는 사람이지."

마종은이 멀뚱한 표정으로 성만옥을 쳐다봤다.

"언니는 친구 만날 때 입가가 떨려? 어깨가 굳어? 보금 언니가 그렇게 긴장하는 건 처음 보네. 모르겠다. 나는 언니들 앞에서 그런 적이 없어서."

잠잠히 있던 마종은은 노보금에게 받았던 선물들을 떠올렸다. 여러 선물 중 천연 성분의 값비싼 샴푸가 반사적으로 생각났다. 방송에서 유명한 배우들이 늘 광고를 해서 그도 아는 브랜드였다. 노보금은 그걸 건네며 차소원에게 나눠 가져도 된다는 허락을 받았다고, 선물 받은 샴푸가 여러 개라고 했다. 그날 집에 돌아온 마종은은 샴푸 바닥의 유통기한을 살펴봤다. 5년 전. 샴푸의 사용 가능 기간은 5년 전에 끝나 있었다. 그땐 그 사실을 노보금에게 부러 알리지 않았다. 그가 놀라 사색이 될 게 틀림없었으니까. 마종은이 눈을 질끈 감았다.

환자, 휠체어, 모션 베드를 나르는 엘리베이터는 두 대 모두 요지부동이었다. 복도를 빠져나온 마종은과 성만옥이 차소원을 발견하고 멈칫했다. 마종은 뒤로 물러난 성만옥이 작은 목소리로 말했다.

"아우, 싫어. 암만 봐도 실물이 더 살벌해. 언니, 저 여자가 방송에서 보금 언니 욕해대는 거 알아?"

"진짜야? 진짜로 그러디?"

"말도 마. 아주 돌려 까기 달인이야. 그러면서 여긴 왜 왔대? 뭐가 궁금해서? 아, 수술받은 게 샘이 났네. 아까도 그것만 캐내려고 하고."

"만옥아. 할 말은 들을 사람 앞에서 제대로 해야지. 또박또박."

"이 언니가 왜 이래? 세상 점잖게 살다가."

마종은이 대답 없이 앞으로 성큼성큼 걸어갔다. 가볍게 묵례한 차소원이 엘리베이터 안내 전광판을 확인하고는 관자놀이를 꾹꾹 눌렀다. 붉은 숫자는 영영 바뀔 것 같지 않았다.

"차소원 배우님, 저랑 잠깐 얘기 좀 하실 수 있을까요? 바쁘세요?"

"바쁜 건 아닌데, 주차장에 매니저가 있어서요. 시골이라 그런가. 엘리베이터가 왜 이렇게 안 오나 몰라요."

"그럼 계단으로 가시죠."

"계단이요? 계단은 올라갈 때나 쓰지, 내려갈 때는 무릎 관절 상해요. 아시잖아요. 보금이는 이제 관절이며 혈관이며 다 좋아져서 모르겠지만."

"그럼 들으세요. 계단 안 쓰실 거면, 여기 계속 서 계실 거면."

마종은에게 시선을 고정한 차소원이 흘러내리는 스카프를 잡아 쥐었다. 한 손을 들어 기다리라는 뜻을 표한 그가 스카프로 하관을 칭칭 둘렀다. 매듭이 단단한지 만져본 차소원이 다시 한 손을 들어 말해도 된다는 뜻을 표했다.

"보금이 험담, 방송에서 하지 마세요. 걔가 TV를 안 봐서 그렇지, 나중에라도 보면 마음이 어떻겠어요?"

헛웃음을 지은 차소원은 마종은의 두 눈을 피하지 않고 대꾸했다.

"보금이가 그렇게 말하라고 시켰어요? 여기 친구들 앞 세워서?"

"노보금이 고작 그런 사람으로 보여요? 세상 사람들이 다 차소원 씨 같은 줄 알아요?"

"그럼 제가 무릎 꿇고 사과라도 해요?"

"그쪽 무릎엔 금박지라도 붙었어요? 하루에도 수십 번 굽히는 무릎이 무슨 대수라고요."

"저기요, 이렇게 외진 데 있다 보니 방송계를 잘 몰라서 그러시나 본데, 희극인들한테 생기는 일은 모두 에피소드가 돼요. 서로의 생활을 해프닝으로 만든다고요. 그게 저희 업이에요."

"그게 업이라고요?"

"네, 우리 일이 그래요. 사람들더러 웃으라는 게. 우리가 지랄 염병, 염병 천병 떠는 꼴 보고 안심하고 웃으라는 게."

"허락 받으셨어요?"

"무슨 허락이요? 친구한테 무슨 허락을 받아요?"

"보금이는 차소원 씨한테 허락 받던데요. 쓰레기 나눠줘도 된다는 허락. 유통기한 지나서 처치 곤란인 물건도 선물이랍시고 받아서."

병원 밖은 쌀쌀했다. 정문을 나선 지 한참 후에야 성만옥이 헛기침을 했다.

"좋은 언니, 역시 언니는 언니네? 먼저 태어난 이유가 있어. 나는 아까 그 여자 눈도 보기 힘들던데."

"뭐가 언니야. 성질 못 참고 쏘아붙인 게. 수양이 덜 된 거지."

"언니, 자주 욱해라. 욱할 때 아주 볼만해."

"내가 너 구경하라고 화를 내?"

걸음을 멈춘 성만옥이 눈을 껌뻑이며 머뭇거렸다. 그답지 않은 행동이었다. 마종은은 성만옥이 말할 때까지 잠자코 기다렸다.

"언니, 나는 억울하면 어떤 애 손을 잡고 걔를 내 앞에 데려온다."

"누구? 너 설마, 지나 이름이 생각이 안 나? 큰일이다. 병원 도로 가? 고지나. 네 딸 고지나."

"지나 말고 나, 어린애 만옥이. 내가 울컥할 때마다 만옥이가 이 말을 들으면 안 되지, 우리 만옥이가 이 꼴을 당하면 안 되지, 내가 나서야지, 화내야지 한다고. 그래도 입이 안 떨어질 때가 많아. 나한테도 만옥이한테도 그냥 참으라고, 더럽고 치사하고 추저분하니까 참고 잊으라고 해. 그러면 안 됐는데."

마종은이 손을 뻗어 성만옥의 손을 꽉 쥐었다.

"너는 여태 잘하고 있어. 작은 만옥이, 큰 만옥이한테 충분히 잘하고 있어. 때 되면 먹여주고 재워주고 일으켜주고. 어떻게 더 잘해?"

그 말에 성만옥이 맞잡은 손을 씩씩하게 흔들었다.

"맞아. 언니도 나도 힘내고 있잖아. 그 세월을 버티면서 기운 내고 있잖아. 그러면 됐지."

"너는 거기다 이놈도 만나고 저놈도 만나면서 힘내고 기운 내고. 그렇지?"

"언니도 다른 놈 만나보든가. 그놈들이 도움이 되나 안 되나. 아우, 일일이 말해줄 수도 없고. 한번 데어야지. 직접 뜨거운 맛을 봐야지."

"얼마나 좋아. 까마득하긴 해도 연애라는 게 사실 얼마나 좋니. 심폐기능에도 좋고, 기억력에도 좋고, 혈압에도 좋고. 야, 만옥이 너한테는 수술이 연애다, 어?"

"됐어. 나는 그놈의 연민이 문제야. 남자들이 매가리 없이 휘청거리면 답이 없다."

"연민이 왜 나빠. 측은지심은 남의 불행을 가엾고 불쌍하게 여기는 마음인데. 맹자가 제자한테 그랬대. 아이가 우물에 빠진 걸 보면 누구라도 생기는 게 측은지심이라고."

"맹자고 맹꽁이고 몰라. 그리고 그 남자들이 애야? 어른이지. 언니, 내 꼴을 좀 봐라. 내가 누굴 가엾고 불쌍하게 여겨? 내가 남한테 동정심 느낄 형편이야? 근데 왜 나는 자꾸 제 발에 걸려 넘어져?"

말을 마친 성만옥이 흘러내리는 콧물을 들이마셨다. 마종은이 가방에서 손수건을 꺼내 건넸다.

“……그 심정이 성만옥 마음의 창문들인 거야. 너를 썩지 않게 하는 환기구인 거야. 공기가 통해야 깨끗하지. 꽉 닫아두면 곪지. 그러니까 연민 품어. 내버리지 말고.”

“언제까지? 내 주제에 남을 언제까지 챙겨? 이 뒤치다꺼리를 도대체 언제까지 하라고.”

“창문이 없어지면 다시 내. 그리고 다시 닦아. 그 창이 있어서 너도 살 수 있으니까. 응?”

마종은은 자신을 꽉 끌어안은 성만옥의 등을 토닥여주었다.

“대신 처음 창문은 성만옥, 너를 위해서 내는 거야. 깨끗한 공기를 너부터 들이마셔야 하는 거야. 알겠지?”

*

노보금에게 코미디언이란 세상을 누구보다 근면하게 관찰하는 사람이어야 했다. 동시에 이곳의 수상한 틈과 균열을 포착하는 데 비상하고 민첩한 사람이어야 했다. 생존 전략과 계산이 시장만을 향한 것이 아니라는 점에서, 원대하게는 시장을 넘어 세계의 풍경을 코미디의 재료로 삼는다는 면에서 주식 투자자나 증권 분석가보다 변화와 조짐에

민감해야 잘할 수 있는 일이었다. 코미디언들은 시대의 속도를 감각하고 기류를 파악한 다음, 자신이 재주껏 만든 거울을 밖에 내놓는 사람들이었다. 그리고 얼마 지나지 않아 그 거울을 깨뜨린 뒤 색깔, 무늬, 질감, 크기가 다른 새 거울을 또 만들 수 있어야 했다. 대중에게 질문 같은 답, 답 같은 질문을 정신없이 던질 수 있어야 했다. 그것이 이 직업군에 발을 들인 이들이 갖고 있어야 할 기본기였다.

지금도 이 직업관에는 큰 변함이 없지만, 데뷔 시기의 노보금은 자신이 고수하는 원칙에 아무 흔들림이 없어야 한다고 믿었다. 그래서 그에겐 팬이 생겼다. 극소수의 마니아층이. 나머지 2할은 안티층, 7할은 무관심층이었다.

언어가 담은 실제 정보량에 관심이 있던 노보금은 속담, 그러니까 인류 보편에 지하 암반층 같은 형태로 남은 관용구에 흥미가 있었다. 그는 화석이 된 말의 엄정하고 단호한 속성에 이끌렸다. 일리 있는 오랜 표현. 속담은 인간사의 골자가 되는 핵심 단층을 예리하게 파낸 경구랄 수 있었다. 인류에게 축적된 역사, 물과 불과 시간을 견디고 남은 공유 개념이 길지 않은 문장에 녹아들어 있었다. 그러나 다수가 강하게 공감할 만큼 신선했던 그 표현은 다수가 강하게 공감하는 과정을 거쳐 어떤 표현보다 빠르게 늙어갔다.

노보금은 지워졌지만, 지워지지 않은 말들을 무대로 데려오고 싶었다. 하나 마나 한 소리에 조명을 비추고 싶었다. 그렇게 뻔한 말을 입장시키고 퇴장시키는 극을 통해 관객과 자신이 텅 비어가는 순간을, 그 순간의 형체 없는 공백과 침묵을 주인공으로 두고 싶었다. 우리가 하는 이야기의 9할은 쓸데없다는 고백을, 그러나 그것이 우리의 이야기라는 고백을 하고 싶었다.

짐작했지만 코미디언이면 웃기기나 하지, 개똥철학으로 사람을 불편하게 하지 말라는 평이 다수였다. 그 옛날 존 케이지의 「4분 33초」가 바로 떠오르는 아이디어에다 재미도 충격도 없다는 평 또한 있었다. 노보금이 처음 꾸린 무대는 예상되는 말을 기어이 하려는 상대와 그 말을 기어이 막으려는 자신이 벌이는 분투극 형태였다.

무대에 등장한 노보금과 상대가 일상적인 대화를 주고받기 시작한다. 물꼬가 트인 직후, 상대는 슬며시 패널을 집으려 한다. 거기엔 관용구가 쓰여 있다. 상대가 이제 입을 열어 내뱉으려던 말이다. 노보금은 재빨리 그 패널을 가로채 무대 옆으로 던진다. 종종거리는 다급한 몸짓으로. 음식을 먹는 행위를 주제로 했던 날, 패널 내용은 다음과 같았다.

소고기는 피만 마르면 되니까 지금 먹어.

뭘 먹어야 잘 먹었다고 소문이 나려나.

먹고 죽은 귀신이 때깔도 좋대.

오리 기름은 마셔도 돼.

아침 사과 금 사과.

노보금이 빼앗지 못한 패널의 관용구는 상대의 입을 통해 나온다. 그러면 노보금이 머리를 감싸 쥔다. 게임에서 졌다는 듯이. 분개심을 참을 수 없다는 듯이.

코너가 없어질 무렵, 그의 코미디가 누구도 상처 주지 않아 좋았다는 평을 발견한 노보금은 실눈을 뜨고 그 문장을 바라봤다. 기쁘지도 슬프지도 않은 말, 참신한 위로도 정확한 존중도 아닌 의견이었다. 하긴, 사람들에게 온전한 이해를 받기 위해 애썼던 시기는 이미 지났지. 그는 조용히 생각에 잠겼다. 코미디와 트라우마, 웃음과 상처. 그러니까 혈육 같기도 남남 같기도 한 두 개념에 대해서.

웃음이란 누군가를 추락시켜야 하는가. 그 누구도 추락시키지 않아야 하는가. 즉 훼손인가, 복구인가. 택일은 늘 어렵고 또 불가능했다. 그럼에도 그는 경계를 지어보곤 했다. 훼손은 인간계의 일. 복구는 신계의 일. 어떤 경로로든 인생의 무대 뒤를 발견한 이들은 그들이 알아챈 쇼의 실체와 허위에 대해 폭로하고 싶어진다. 무대 뒤를 발견하지 못한 이들은 눈앞의 환경을 전면 그대로 수용한다. 틈과 균열이 보이지 않기에 균형을 유지해나갈 수 있다. 세상과 조화를 이뤄갈 수 있다. 그러니 웃음은 폭소와 미소로 다시 나뉠 수 있을 것이다.

노보금은 유토피아에 폭소가 없을 거라 짐작했다. 그곳의 웃음은 어디까지나 미소의 형식일 수밖에 없었다. 인간 조건을 조소하거나 환멸할 필요가 없는 장소에서 웃음이 발작적으로 터져 나올 일은 없다. 부조리, 기괴, 절망을 모르는 그들에겐 촌철살인, 공격, 일침이 필요치 않을 테니까. 그렇다면 결국 미소가 있는 유토피아가 더 낫지 않나. 풍자와 해학을 비롯해 겹겹으로 비틀린 재미가 없는 세상이 더 낫지 않나. 달리 말해 자비롭고 평온한 세상이 흉하고 번잡한 세상보다 더 낫지 않은가.

*

밤 산책은 전처럼 무섭지 않았다. 아무리 걸어도 오금이 시리거나 숨이 차지 않았다. 풍경 곳곳엔 낮에 볼 수 없던 기묘하고 아름다운 힘이 스며 있었다. 알알이 켜진 전구들,

거기서 새어 나오는 귤빛 조명이 강가를 꿈속처럼 보이게 했다. 폭소가 아닌 미소에 가까운 세상이었다.

노보금은 찬란하게 일렁이는 물결을 보다 눈을 깜빡였다. 강가 모래톱 근처, 물살 반대쪽으로 나아가는 뜸부기 한 마리가 있었다. 몸이 거의 검정이라 한눈에 들어오진 않았지만, 이마가 흰색이라 알아볼 수 있었다. 뜸부기는 거친 돌과 물의 저항을 뚫고 지그시 힘을 내는 중이었다. 왜 굳이 역행을 하지. 얼마 후 노보금은 그가 길을 거꾸로 거슬러 올라가는 이유를 깨달았다. 마음에 드는 물가로, 더 마음에 드는 물가로 가기 위해서였다. 아까 지나온 곳이 더 좋았기 때문이다. 교각을 막 통과한 뜸부기가 몸을 편안히 펴고 유유히 사라졌다. 정적을 깨고 휴대폰 소리가 울렸다. 공공 근로 반장의 전화였다.

"여사님, 잘 계시지? 우리 회식하는데 생각나서. 막내가 여사님 프로그램 찾아보더니 너무 웃긴다네? 뭐 지 코드랑 맞대나, 뭐래나."

"반장님, 근무 기간도 아닌데 모이셨어요? 사람들, 쉴 때 부르면 싫어해."

"싫기는. 다 좀 쑤셔 죽겠다면서 번개같이 온 거여. 나도 한심한데 이 양반들은 두심해. 다들 할 일도 없다. 으휴, 별

볼 일 없는 놈들. 여사님도 같이 한잔하면 좋은데, 아직은 좀 거시기하지? 삭신이 뻑적지근한 거지?"

"그렇죠. 재밌게 놀아요. 나는 다음에 갈게. 우리 봄에 보잖아."

노보금은 산책 중이라고 말하지 않았다. 회복과 적응이 끝났다는 사실을 밝히지 않았다.

"봄에 만나기만 해봐. 저기, 초능력자 됐으니까 전기톱 두 대 혼자 들어. 장작도 백 개씩 들고, 이마로 포크레인도 끌고, 어?"

반장 근처 남자들의 웃음소리가 왁자지껄하게 들렸다.

"여사님, 진짜 유행어 따라가네요. 레테타로 야, 야, 야단났어. 난, 난, 난리 났어."

막내 동료가 혀 꼬인 소리로 해묵은 유행어를 계속 외쳤다. 노보금은 얼굴을 찡그리고 휴대폰을 귓가에서 살짝 뗐다. 일행들은 이미 많이 취한 듯했다. 통화를 서둘러 끝내고 얼마 후, 휴대폰 소리가 또 울렸다. 문자 알림음이었다.

시시일반으로모안는대엄마안되요보양시기라도사먹어요여사님홧ㅅ팅.

십시일반으로 모았는데 얼마 안 돼요. 보양식이라도 사먹어요. 여사님 파이팅. 공공 근로 반장에게 온 문자와 송

금액을 본 노보금은 눈가에 맺히는 눈물을 급히 닦아냈다.

그는 이제 레테타 수술 이후의 몸을 전보다 이질감 없이 받아들일 수 있었다. 나아가 주어진 힘을 되도록 잘 쓰고 싶었다. 아무도 강요하지 않았지만, 자신에게는 그럴 의무와 책임이 있는 것 같았다.

야자수, 야간 자율 수색대.

새벽이 되자 노보금은 새 부직포를 쳐다봤다. 기획부터 완성까지 두 시간 정도 걸린 작업이었다. 방바닥엔 천 조각, 가위, 바늘, 실, 칼이 어지럽게 놓여 있었다. 그는 부직포 왼편에 사선으로 붙인 줄임말이 마음에 들었다. 야자수는 새 모임의 이름으로 부르기 괜찮은 낱말이었다. 글귀 앞뒤로 배치한 커다란 활엽수 잎사귀도 제법 나쁘지 않았다. 무대 의상과 소품을 급히 만들어야 했을 때 생긴 손재주, 공공 근로를 하며 터득한 배치 감각이 이렇게 쓸모가 있었다. 노보금은 현관에 붙은 부직포와 발 앞의 부직포를 번갈아 쳐다봤다. 보금자리와 야자수. 이 말을 주문처럼 읊조리자 자신 노후에 부드러운 무릎 담요, 곱고 따스한 모래와 바람, 석양 아래 산산이 빛나는 포말이 함께할 것 같은 기분이 들었다.

야자수 모임 전원은 레테타 수술을 받은 이들이었다. 의료원 병동에서 친해진 여자들이 노보금이 만든 모임에 선뜻 들어왔다. 길고 성긴 대화를 나누며 추려진 야자수 결성 취지는 이렇게 요약될 수 있었다. '더 이상 무력하지 않은 우리가 허약한 정상인들을 돌본다.' 모임원 모두 이 뜻에 동의했다. 이들에게 야간 자율 수색대 활동은 가볍고 산뜻하고 편안해진 몸으로 할 수 있는 일 중 가장 의미 있는 일이 될 것 같았다. 여자들은 매주 금요일과 토요일, 저녁 8시부터 밤 10시까지 산책을 나서듯 동네를 구석구석 살피기로 합의했다.

"안 그래도 근질근질했는데 잘됐네."

"맞아. 종일 돌아다녀도 힘이 남아돌아. 쓰잘 데 없이."

"그러니까 힘 남아도는 할마씨들이 딸들, 손녀들을 지켜줘야지."

"왜, 나는 아들이랑 손주 지킬 거야."

"며느리는 왜 빼. 늘그막에 본심 나오면 큰일 난다. 다 도망가."

"그래. 다 지켜. 영청도 지키고 지구도 지켜."

정답게 웃던 노보금은 이곳에 마종은과 성만옥이 없다는 사실을 깨닫고 잠깐 얼빠진 표정이 되었다. 셋 중 수술

받은 건 자신 혼자이니 당연한 결과였다. 하지만 야자수 사람들과 있는 동안 웃음은 끊이지 않았다. 이들과 있는 내내 손과 발에는 따뜻한 피가, 얼굴에는 생기가 돌았다. 마종은, 성만옥. 은이, 옥이와는 당분간 멀어지는 것이다. 각자의 생활에 변화가 생긴 것뿐이다. 변화가 일상에 섞여 스며들면 다시금 가까워진다.

"혹시 견과류 드세요?"

지친 기색으로 계산대에 서 있던 식당 직원이 노보금의 질문에 화들짝 놀랐다. 직원은 천천히 고개를 끄덕였다. 노보금이 그에게 호두 봉지를 내밀었다. 손바닥보다 작은 비닐에 든 햇호두였다.

"아, 감사합니다."

노보금은 차소원이 준 호두를 며칠에 걸쳐 처음 보는 이웃들에게 모두 나눠줬다. 살면서 그동안 한 번도 안 해본 일이었다. 친밀하지 않은 상대에게 먼저 다가가 소소한 선물을 주는 것. 자신 안의 미지근한 온기를 떼어 내미는 것. 오래 준비한 인사말을 최대한 자연스럽게 꺼내는 것. 노보금은 낯선 이들에게 뭔가를 주고 나서 하나도 잃은 게 없다는 사실을 깨달았다. 아니, 오히려 가지고 있던 게 빠져나간 자리에 금세 새로운 힘과 온기가 가득 깃들었다.

선생님이 정말 친절하고 손이 빠르세요. 원하는 길이로 성심껏 단정하게 잘라주셨습니다. 다음에도 가볼까 해요.

노보금은 포털 사이트의 마리 미용실 리뷰란에 세 문장을 등록했고 1분도 안 돼 답글이 올라왔다.

palmtree67님 감사해요^^ 새해 복 많이 받으세요~~ 하트 뿅뿅♡♡

야자수 활동을 마치고 집으로 향하던 노보금은 동네 어귀에서 나는 소리에 귀를 기울였다. 처음엔 고라니가 우는 건가 싶었다. 하지만 눈을 감자 한 사람의 낮고 간절한 음성이 들려왔다. 여자는 가곡을 부르고 있었다. 고향, 엄마, 별이란 단어가 드문드문 들렸다. 노보금은 노래를 부르는 여자에게 마음속으로 조그만 축원을 보냈다.

'긴 하루의 끝을 단아하고 기품 있게 만들어주셔서 고맙습니다. 살아가는 동안 당신에게 기쁜 날이 늘어나길 빌겠습니다. 새벽에 춥지 않길. 아픈 곳이 줄어들길. 그래서 우리에게 또 이런 시간이 찾아오길.'

노보금이 대문을 등지고 마을을 굽어봤다. 멀리 한 집 창문이 환했다. 집에 아직 잠들지 않은 사람이 있는 것 같았다. 노보금은 그 사람에게도 마음속으로 조그만 축원을 보냈다.

'불을 밝혀주셔서 고맙습니다. 혼자라는 생각을 미룰 수 있게 해주셔서 감사합니다. 빚을 빚지고 있습니다.'

잠을 이루지 못해 뒤척이던 노보금은 담배를 물고 작은 마당으로 나갔다. 새벽의 한기가 전신을 날카롭게 후벼팠다. 서둘러 라이터 불을 켜고 담배 연기를 내뿜자 창고에서 부스럭거리는 소리가 났다. 곧 고양이 한 마리가 뛰어나왔다. 자신을 발견한 그가 더 속도를 냈다. 노보금은 바지 밑단에 얼굴과 몸통을 비비는 동물을 내려다봤다. 그르렁, 그르렁대는 작은 짐승을 오랫동안 쳐다봤다. 먹이와 물은 창고에 충분히 있었다. 온수를 채운 헝겊 주머니도 세 개나 있었다. 그는 그저 자신을 반기기 위해, 다정한 인사를 나누기 위해 시린 새벽 잠자리를 박차고 바깥으로 나온 것이다. 노보금의 코와 목젖에 뻐근한 압력이 느껴졌다.

세상엔 사랑이, 크고 깊은 사랑이 있었다. 내일 망해도 이상하지 않을 이 세상에 온전한 애정이 분명히 자리했다. 추위를 참고 발치에 머무는 이 작은 생명체가 그 증거였다. 그러니 세상이 망하면 안 될 일이었다. 망하든 말든 상관없다고 떠들면 안 될 일이었다. 허리를 굽힌 노보금이 고양이의 작고 찬 머리통을 쓰다듬었다.

*

영청시 가장자리에 있는 돼지 축사, 낚시터, 체리 농원, 화훼 하우스, 비료 제조 공장, 전원주택지 분양소, 기도 도량터, 수녀회 영성원으로 비슷한 묽기의 어둠이 내려앉았다. 짙푸른 새벽녘, 개울 옆 컨테이너 집에서 나온 여자는 손에 든 수영장 가방을 어깨로 옮겼다. 양손을 주머니에 넣은 그는 마을버스를 의연히 기다렸다. 버스는 개울가, 화학용품 공장, 대형 식당, 복지관, 주민센터, 아파트, 고등학교, 기숙사, 파출소, 시청, 터미널을 거쳐 체육관에 정차했다. 여자가 수영장 입구에 다다르자 아침 햇빛이 닿은 정수리가 간신히 따스해졌다.

영청시의 이혼율은 점차 늘어났다. 잇따라 재혼율이 늘어나는 것은 아니었다. 수술 후 여자들에게 결혼 생활을 지속해야 할 이유가 희미해졌을 뿐이었다. 몸은 전과 비교할 수 없이 강력해졌고, 강력해진 몸으로 할 수 있는 일은 수두룩했다. 앞으로도 반드시 붙어살아야 하나. 꼭 같이 있어야 할 필요가 있나. 신체를 따라 정신도 굳세지자 아무래도 남자 곁에 머물 까닭이 딱히 없었다. 위험한 환경에서 보호받기 위해, 안전을 꾀하기 위해 짝을 골랐던 여자들이 배우자와 가장 먼저 갈라섰다. 그런 부부는 어렵지 않게 작별을 치렀다. 여자들은 마음이 맞는 친구와 함께 살아도 좋았고 지인들이 있는 곳 근처에서 혼자 살아도 좋았다. 결혼 전이나 후에도 여자들은 항상 여자들 곁에서 안도했다. 어차피 여자는 진정한 대화 상대로 여자를 찾기 마련이었다.

법원을 나온 여자들은 자신들이 그간 부부 사이의 애정이라고 부른 그 감정이 사실 인간 사이의 우정 또는 박애에 가까웠다는 사실을 체감했다. 자신도 울지 않았지만, 배우자도 울지 않았다. 이혼 절차를 완료한 사람들은 법원 맞은편, 영청에서 꽤 유명한 식당의 손칼제비를 남기지 않고 다 먹었다. 식당을 운영하는 부부는 직원 둘을 더 뽑고, 가게 앞에 쪼그려 앉아 쉼 없이 겉절이를 만들었다.

야자수 회원이든 아니든 레테타 수술을 받은 여자들은 길가의 폭행범을 제압했다. 뺑소니 차량을 따라잡아 운전자를 끌어냈다. 힘을 모아 불법 주차 차량을 들어 옮긴 후 골목에 멈춰 있던 소방차를 곧장 앞으로 보냈다. 은행 강도가 도망치지 못하도록 그의 오토바이 바퀴를 우그러뜨렸다. 운동장 벤치 위에 올라가 건물 창틈으로 유소년 축구단원들의 몸을 촬영하던 남자를 발견하고 그의 휴대폰을 빼앗았다. 개들을 마구잡이로 트럭에 싣는 일당을 붙잡아

경찰에 넘겼다. 그들은 유해 조수를 포획하다 목줄 없는 개 몇 마리도 딸려 간 모양이라고 항변했지만 차에서 나온 증거가 명백해 현행범으로 체포되었고 이 일당의 자백을 통해 인근 도시의 다른 운반책들까지 모조리 잡을 수 있었다. 어느 토요일 야자수 활동이 끝나갈 무렵, 여자들은 한 대학생의 제보를 받고 횟집 앞으로 달려갔다. 그들은 담배를 내던지고 심하게 저항하는 남자에게 고깔형 주차 금지 표지판을 정신없이 던졌다. 틈을 노려 도망치려는 남자를 들어 올린 여자가 그를 고깔 안에 처박아 넣었다. 남자가 아무리 몸을 뒤틀어도 고깔 속에 끼인 엉덩이가 꿈쩍하지 않았다. 그는 원룸 단지 일대에서 50억대의 전세 사기를 벌인 임대업자였다. 여자들에게 에워싸인 그는 돈이 다른 계좌에 그대로 있다고 소리쳤다.

거들 일, 나설 일은 매일 생겼다. 여자들은 망에 걸린 황조롱이와 사슴을 숲길에 도로 풀어줬다. 산에서 도토리와 은행을 자루째 들고 내려오는 사람들에게 산림자원법 제73조에 대해 알려줬다. 남자에겐 고봉밥을, 여자에겐 그 반의 밥을 주는 식당에서는 자신들도 배가 무척 고프다고, 앞으로는 손님들에게 똑같은 양을 주라고 하소연했다. 경로당 친구가 여성 정치인을 욕하면 그냥 넘기지 않고 남성 정치인들의 행태를 내내 읊었다. 절인 배추와 생수를 옮기는 택배 기사에게 다가가 잠깐만 체력 테스트를 해보고 싶다고 말했다. 드라마 촬영 팀을 보다가 기진맥진한 스태프들을 지나치지 못하고 장비를 날랐다. 볼에 백반증이 있는 아이, 행인들에게 매일 인사를 두 시간씩 하는 아이가 야자수와 함께 동네를 거니는 날도 있었다. 보청기를 낀 사람, 의수를 찬 사람이 수색에 합류하는 날도 있었다.

크고 작은 선행이 매일 쌓였다. 영청시는 이들 중 몇몇에게 모범시민상을 수여하다 어느 시일부터 시상식을 열지 않았다. 시청 건물 흡연 구역에 모인 공무원 두 명이 강풍에 몸을 움츠리며 말했다.

"좀 창피하지 않아요? 영청에 허구헌 날 범죄자가 들끓는 것처럼 보이는 게. 이거 지방 이미지 실추야. 안 그래도 안 오려는 사람들이 보면 어떻겠어."

"그러니까 누가 그런 짓을 하래요? 나는 그런 놈들 잡아 처넣어주니까 고맙기만 해요. 모르지, 계속 이러면 인구 유입이 될 수도 있고."

"끽해야 잡범들인데요, 뭐. 그거 몇 명 잡는다고 세상이 더 좋아져요? 영청 망신살만 뻗치지. 아니, 경찰들도 쪽팔릴 거 아니야. 이러면 업무방해죄 아닌가? 명예훼손인가?"

"아이구, 그만 좀 비꽈요. 속이 여기 등나무 줄기보다 더 꼬였네."

"하, 영청 이혼율이 지금도 전국 1위래요."

"그게 뭐, 다 살려고 하는 거지. 죽으려고 하겠어요."

"얘기 못 들었어요? 조만간 뉴스 나올 것 같던데. 요 앞 중학생이 학교 폭력에 시달리다가 강에서 투신했거든. 근데 그 아버지란 사람이 레테타 수술받은 여자들 탓을 하더래요. 자기 아들 왜 빨리 안 구해줬냐고."

"아, 슬프네. 어려운 문제네요."

"어려운 문제네요, 나는 그 말이 그렇게 헛헛하더라. 살면서 쉬운 문제가 있기나 해요? 보통 아닌 사람이 있기나 하고? 에이, 담배나 하나 더 피워야겠다."

영청시 공무원들은 주민들 사이의 연대와 불화를 각종 민원과 소송 건으로 가늠할 수 있었다. 그들끼리 의견이 안 맞을 때는 있었지만, 업무가 늘어난 걸 반기는 이들은 드물었다.

*

옆자리 남자의 허벅지 두께는 버스 좌석 팔걸이 폭만큼

이나 좁다랬다. 그는 휴대폰을 들어 모바일 바둑 게임을 시작했다. 노보금은 화면 속, 잘 지어지지 않는 집을 엿보았다. 바둑에 연거푸 진 남자가 누군가에게 전화를 걸었다.

"야, 우리 망년회 못 했잖아. 구정 전에 한 번 모이자고. 어디긴? 우리 집. 온다면 오는 거지, 뭘 물어봐. 집사람이 육개장 잘 끓이니까 와서 한 그릇씩들 하지."

남자가 몸을 틀자 한약 냄새가 풍겼다. 숨을 들이마신 노보금이 밤의 버스 승객들을 찬찬히 살펴봤다. 이상하게도 세상이 그대로인 기분이 들었다. 변했다고 생각했는데, 변하고 있다고 믿었는데, 발 닿은 곳은 전과 같았다. 노보금은 내려야 할 정거장을 지나쳐 종점까지 자리에 머물렀다.

버스에 장바구니를 두고 내렸다는 사실은 산책 도중 뒤늦게 떠올랐다. 하지만 공영 차고지 너머의 절을 보자 그쪽으로 더 걸어가고 싶었다.

고찰 앞 버드나무 둥치 안에는 뭔가가 있었다. 홀로 쉬는 멧비둘기였다. 흔들리는 잎새 사이로 보이는 새는 작은 왕 같았다. 청신하고 어리며 완고한 왕. 인기척을 느낀 멧비둘기가 허공으로 날아가자 노보금은 나무를 타고 오르기 시작했다. 하려던 일은 아닌데 수피와 손바닥이 맞닿자 자연스럽게 힘이 차올랐다. 3미터가 넘는 고목이 거북하지 않았다. 가벼운 손발이 원래 나무의 일부였다는 듯 그의 몸통을 휘어 감았다. 나무 꼭대기에 금세 오른 노보금이 하늘을 올려봤다. 연꽃잎을 디디고 날아오른 백로가 그의 시야에 들어왔다. 백로의 날갯짓은 크고 부드러웠다. 노보금은 새에게서 이런 말을 듣고 있는 것 같았다. 사사로워지지 마. 하지만 무심해지진 마. 그 두 마디는 백로가 된 정화의 말일 수도 있었다. 그는 눈을 감고 검푸른 숲의 공기를 깊이 들이마셨다.

"수술 후에는 평온하십니까?"

노보금이 가지를 꽉 움켜쥐었다. 낯선 목소리에 나무에서 굴러떨어질 뻔했지만, 심장이 격하게 뛰고 식은땀이 난다는 생각은 생각뿐이었다. 노보금의 몸은 나무 위에 미동 없이 우아하게 자리했다. 그는 나무 아래 한 스님을 내려봤다. 깨끗한 법복 차림의 그는 유난히 밝은 달빛 속에 있어 이 세상 사람이 아닌 것처럼 보였다. 그와의 거리를 가늠해 본 노보금이 담담하게 답했다.

"평온합니다. 세상을 전보다 더 멀리, 더 높이 볼 수 있어 좋네요."

스님이 잠시 숨을 고른 다음 답했다.

"높음은 낮음이고 고통은 평온입니다. 빠름은 죽음이고

느림은 삶입니다. 쾌적은 탐욕이고 불순은 청결입니다. 그러니 결국 힘은 중요하지 않지요. 힘의 범위와 활용이 중요합니다."

그의 말을 들은 노보금이 미소를 지었다. 약은 독, 독은 약. 이런 식의 역설놀이는 늘 미심쩍었다. 단어를 맞바꾸기만 하면 언제까지라도 늘어놓을 수 있는 구조였다. A는 B, B는 A. 무언가를 정의 내리는 행위에는 수상한 무게감이 붙는다. 정의하는 내용이 밀려나고 아포리즘의 형식만 강해지는 것이다. 산은 산, 물은 물. 심지어 나중엔 단어를 바꾸지 않아도 아우라가 생기지 않나. 하지만 화는 조금도 나지 않았다. 도리어 그와 허심탄회한 대화를 나누고 싶었다. 초면이지만 그럴 수 있을 것 같았다. 노보금은 허례허식 없는 답을 내놓았다.

"저는 그저 저 자신에 가까워지려고 수술받았습니다. 방황을 일거에 끝내기 위해 수술받지 않았습니다. 저를 살펴보기 위해 고통을 각오하고 용기를 낸 겁니다."

스님이 허리를 굽히고 말했다.

"볼품없이 나약한 인간의 몸은 세상 만물을 더 가까이, 더 낮게 봐야 하죠. 그렇지 않으면 교만해지니까요. 앞으로는 아무것도 분별하지 마세요. 보살님의 시간은 이전과 이

후가 다르지 않습니다."

입을 다문 노보금은 나무 아래 스님을 잠시 내려다봤다. 저 작은 존재야말로 모든 것을 분별하는 자가 아닌가. 몸으로는 머리털과 머리털 아닌 것을, 마음으로는 속세와 속세 아닌 것을, 그러니까 자기 자신과 자기 자신일 수 없게 하는 것을. 가족과 혈연, 군집과 사회를 끊어내고 고찰에서 지내는 그는 세상 누구보다 분별을 잘한 절연의 대가가 아니던가.

"판단하는 습관을 버리십시오. 비교하는 버릇을 버리십시오."

스님은 자신의 머릿속을 들여다보기라도 한 것처럼 묵묵히 말했다. 보이지 않는 죽비가 어깨를 날쌔게 내리치는 듯했다.

"다시 묻겠습니다. 수술 후에는 평온하십니까?"

버드나무 잎사귀가 바람에 푸들푸들 흔들렸다. 노보금이 한참 만에 답을 꺼냈다.

"모르겠습니다. 평온이든 나발이든 저 자신이든 귀신이든. 저는 그냥 겁 때문에 용기를 낸 사람일 수도 있겠죠. 밀려나기 전에 박차고 나가려는 겁쟁이처럼요."

"무엇이 겁을 먹게 했습니까."

노보금은 배에 힘을 주고 숨을 들이마셨다. 그리고 숨을 내뱉었다. 들숨과 날숨에 집중하자 희뿌옇게라도 답이 추려졌다.

"저는 그동안 젊음이 늙음을 두려워하지 않길 바랐습니다. 저를 보는 청년이 저의 무지와 나약을 보고 저것이 노인의 모습이라면 절대 나이 들고 싶지 않다며 몸서리치지 않길 바랐습니다. 저는 저의 삶을 점점 눈에 띄지 않게 감추고 싶었습니다. 죽는 날까지 비좁게 웅크려 숨어 있고만 싶었습니다."

"이제 어떤 변화가 찾아왔습니까."

"서투르지만 세상을 전보다 좋아할 수 있게 되었습니다. 연민과 자비를 더 품을 수 있게 되었습니다. 늘 봄을 기다리던 마음을 접고 겨울도 봄으로 느낄 수 있게 되었습니다. 아니, 그럴 준비가 되었습니다."

"그러면 됐습니다. 그것이 저도 바라던 바입니다. 더불어 정진해 열반에 듭시다. 나무아미타불 관세음보살."

그가 고개를 숙이자 노보금이 물었다.

"그런데 스님은 이렇게 어둑한 숲길을 헤치고 어디로 가시던 길인가요?"

"지금은 떠나간 멧비둘기를 따라가고 있었습니다."

땅에서 한 발을 뗀 그가 이어 말했다.

"인간이 인간의 몸을 받아 사는 까닭을 궁리하면서요."

노보금은 그에게 마지막 인사를 정성껏 건네고 싶었다.

"그래도 우리가 인간의 몸으로 만난 까닭이 있겠죠."

잠자코 있던 그가 다른 한 발을 떼고 답했다.

"그렇지요. 하지만 우리는 잠시 같은 길을 스칠 뿐 보살님이 다다른 그 길은 저도 다 이르지 못한 길입니다."

노보금은 그가 시야에서 사라진 후에도 오랫동안 나무에 머물렀다.

*

영청경찰서 앞은 기자들로 붐볐다. 영청시에서 가장 큰 한정식집 주차장에는 백여 명의 주민이 모여 있었다. 그간 광장에서 조촐히 열린 집회 인파보다 훨씬 많은 수였다. 한 무리의 사람들은 벌어질 일이 벌어지고 말았다는 말을 반복했다. 한 무리의 사람들은 벌어질 일을 막을 수 있었다는 말을 반복했다. 주민들은 재앙과 축복, 참혹과 감사라는 표현을 한자리에서 썼다.

"그 수술 때문에 앞날이 창창한 청년이 다쳤어요. 뭘 꾸물대요? 지금이라도 금지해야죠. 의료원이고 병원이고 다 압수 수색하고 집기 들어내고. 네?"

"앞날 창창한 청년이 저지른 범죄가 뭔지는 알고 계세요? 대낮에 여중생을 따라가서 위협했잖아요. 그걸 발견한 분이 학생을 돕다 일어난 일이고요."

며칠간 뉴스는 영청 소식으로 채워졌다. 화면 하단에 보도 내용을 압축한 자막들이 유유히 흘러갔다.

'주민 간 찬반 논쟁 거세져. 여성 단체 연합해 영청 방문. 영원한 청춘을 꿈꾸던 도시의 한낮 소동극. 아류 불법 시술 단속 현장.' 토론회 역시 영청 소식으로 꾸려졌다. '신소재 수술은 우범지대에 득인가, 실인가. 신기루와 신기술 사이의 에버그린. 판도라의 상자, 레테타.'

"이번 사건만 봐도 레테타는 심각한 범죄로 이어질 가능성이 충분합니다. 고령의 여성 수술자들이 범죄에 동원될 확률도 높고요."

"수술자들이 제대로 된 판단을 못할 거라고, 인지력과 지각이 부족할 거라고 보시는 건가요? 그분들은 누구보다 자유 의지가 강한 분들입니다. 불리할 때만 까먹으시나 본데 이 사건은 선의에서 시작된 거고요."

"지옥으로 가는 길도 선의에서 시작된다고 누가 말했죠. 애초에 자연스러운 신체 노화를 극복 대상으로 삼은 것부터가 문제의 근원 아닙니까? 어쩌면 이런 사고야 불 보듯 예견된 거죠. 앞으로 다반사가 될 수도 있고요. 피해자분이 회복 중이어서 다행이지."

"어떤 피해자요? 팔 하나가 부러진 이십대 남성이요? 하굣길에 죽을 만큼 공포에 떨어야 했던 십대 여성이요? 여자아이를 돕다가 재수술을 받아야 했던 육십대 여성이요?"

"레테타 수술을 받겠다고 일부러 차에 뛰어드는 청소년들이 있는 건 아세요? 일부 십대 아이들의 행태라고 일축하지 마시고 수술의 사회공학적 여파를 좀 면밀하게 살펴보세요."

"레테타는 신체가 완숙한 65세에서 75세의 여성만 받을 수 있는 수술입니다. 사업 전부터 대상자에 대한 고지가 이미 여러 번 있었어요."

"예, 안 그래도 제가 하고 싶던 말입니다. 특권 수혜층을 일찌감치 상정한 그 사업. 수술받지 못한 사람들을 소외시키고 국민 갈등을 조장하는 참 대단한 그 의료 사업이요."

"물론 수술은 지금 특정한 집단만 받을 수 있죠. 그렇지만 혜택을 받을 수 있는 사람들은 점점 늘어날 겁니다."

"갑자기 논점 이탈하시네요. 방금 하신 말씀이랑 앞뒤가 전혀 안 맞잖아요. 아니, 온 국민을 초인으로 만들기라도 하겠다는 겁니까? 신체 개조가 무슨 장난이에요? 한국이 사이버펑크의 나라입니까?"

고지나는 방문을 잠그고 이불을 뒤집어써도 들리는 TV 소리에 이를 꽉 물었다. 중학생을 따라간 남자는 전 남자친구였다. 헤어지자는 말에 분풀이 대상을 찾아 거리를 쏘다니던 그 자식이, 한때나마 사귀었던 애인이라는 사실을 믿기 버거웠다. 여자아이를 뒤쫓던 그는 레테타 수술을 받은 야자수 모임원에게서 여자아이가 겁을 내니 따라가지 말라는 말을 들었다. 그 말을 무시한 그는 자리에 얼어붙은 여자아이에게 더 가까이 따라붙었다. 야자수 여자가 그의 등에 손을 올리자 그는 버럭 소리를 질렀다. 놀란 여자가 팔을 뻗자 그가 전봇대 쪽으로 단번에 나가떨어졌다. 사건은 해가 지기 전인 낮 4시에 일어났다. 전 남자친구는 만취 상태였고 사고 현장인 학원가 뒷골목은 영청의 모텔 밀집 지역과 가까웠다. 고지나는 이 정황들이 그에게 유리하게 작용할지, 불리하게 작용할지 알 수 없었다. 하지만 그가 내내 억울하다는 소리를 지껄인다면 그 꼴은 절대 봐줄 수 없었다. 여자아이와 야자수 여자 그리고 스스로를 위해, 전 여자친구 신분을 밝히고 경찰서에 제보하거나 서에 참고인으로 방문해 진술할 의지가 있었다. 방 안에서 내내 격분하기에는 이제 자신의 분노가 아까웠다.

*

"요새 뉴스 보면 이상하게 더 화가 나. 레테타 수술받기 전보다."

여자의 말을 곱씹던 남자는 객실 바닥에 널브러진 바지와 셔츠를 주섬주섬 주워 들었다. 그는 여자가 수술받았다는 사실을 조금도 짐작할 수 없었다. 차라리 말하지 말지. 여자와 다음에도 자고 싶다는 생각은 이미 달아난 후였다. 남자는 수술에 관심이 없는 아내가 갑자기 가엾고 애틋하게 여겨졌다. 조찬 회의 때문에 일찍 가봐야겠다고 둘러댄 남자가 바지에 한 발을 넣다 고꾸라졌다. 여자가 자신을 멀거니 보고 있었던 것뿐인데, 이글이글 쏘아보는 느낌이 들어서였다.

남자가 객실을 도망치듯 떠나자, 여자는 로브를 벗고 화장대에 앉았다. 그리고 눈 밑 비립종 하나를 이쑤시개로 파내기 시작했다. 비립종은 모두 열두 개였다. 들린 살갗 구멍이 점점 커지면서 피가 흘러내렸다. 통증은 잘 느껴지지 않았다. 거울 속 얼굴도, 자신을 무서워하던 남자도 신경 쓰이지 않았다. 하지만 여느 때보다 강고해진 체력은 신경 쓰였다. 신성한 피와 뼈를 감싼 껍데기가 비천하게만 느껴졌다. 질기고 억센 정신이 나약하고 비좁은 전신에 갇혀 있는 것 같았다. 여자는 달빛을 받으면 늑대가 되는 인간을 떠올렸다. 아니, 인간과 짐승 그 어느 쪽도 아닌 존재를 생각했다. 그는 약자이되 약자가 아니었고, 약자가 아니되 약자였다.

마종은은 호텔 뒷골목에서 맞닥뜨린 여자를 보고 멈춰 섰다. 볼에 피가 덕지덕지 묻어 있었다. 괜찮냐는 물음이 선뜻 나오지 않았다. 그래도 여자 앞에 끼어들어봐야 했다.

"저기, 다치신 것 같은데요."

"아니요. 멀쩡해요. 걱정해주셔서 고맙습니다."

마종은은 여자의 뒷모습을 더 지켜봤다. 걸음은 굳고 꿋꿋했다. 술에 취한 것 같지 않았다. 여자를 따라가는 남자도 없었다.

*

대로로 나오자 불쑥 허기가 졌다. 혼자 보내는 설 연휴였다. 아들과 며느리는 제주도 여행을 갔고, 남편은 교도소 명절 행사를 치러야 했다. 무심코 쌀국수 가게 앞에 선 마종은이 유리문 손잡이를 잡은 채로 움직이지 못했다. 손님이 많다고 생각했는데 그렇지 않았다. 외국인들로만 채워진 테이블이었다. 그들의 낯빛은 입이 벌어질 만큼 환했다. 서로의 표정을 구석구석 살피며 웃느라 누구도 문밖의 자신을 보지 못했다. 사람들의 얼굴은 우람한 나무 한 그루에 매달린 과실처럼 보였다. 자신을 발견한 꼬마 아이가 손을 흔들자 마종은이 문에서 두 걸음 물러났다. 방해할 수 없었다. 그들 자리에는 도무지 끼어들 수 없었다.

집으로 가는 길, 마종은은 가로등 아래 우두커니 서 있었다. 오늘따라 걸음을 떼기 어려운 순간이 잦았다. 이번엔 밤의 공사장에서 시선을 거둘 수 없었다. 공사는 멈춘 지 오래인 것 같았다. 녹슨 파이프 더미 주위에 웃자란 풀이 무성했다. 폐자재 무더기 위에는 유리와 돌이 아무렇게나 뒤섞여 있었다. 건물 용도가 폐기된 듯했다. 부랑자나 청소년들이 와서 난장판을 벌이면 어쩌려고.

건물의 어두컴컴한 가장자리를 주의 깊게 살피던 마종은이 고개를 저었다. 좁은 비탈길, 해가 들지 않는 지대였다. 쓰임새는 영영 없을 것 같았다. 부서지다 만 건물은 부서지다 만 상태로 간신히 서 있었고 혹여 누군가의 시선과 염려가 닿는대도 더 기력을 낼 수 없을 듯했다. 깨진 벽돌에 깃들어 있는 것은 절망과 체념뿐이었다. 용도 폐기. 마종은은 네 음절을 작게 내뱉었다. 건물과 자신을 포개보는 짓이 과민하다는 사실을 알아도 그 생각을 멈출 순 없었다. 내면의 샘이 메마른 자신이 저 건물과 다를 까닭도 없는 것 같았다.

'나는 나 자신의 외부여야 한다.'

유구희가 책에 남긴 메모가 기억난 건 순식간이었다. 그 이상한 말을 남긴 외국인 이름은 떠오르지 않았다. 그러나 뜻 모를 그 문장은 다음 문장들을 불러들였다. 나는 나 자신의 외부여야 한다. 그러니 스스로에게서 물러서야 한다. 방에 갇히지 말고 창을 내야 한다.

우우우우. 음울한 겨울 바람이 불었다. 마종은은 강연장에서 듣곤 하던 괴이한 소리를 생각했다. 들쭉이 주최한다고 명시했어도 거의 매번 자신이 섭외한 강사, 자신이 꾸린 목차와 프로그램으로 마련한 자리였다. 코트 자락을 단단히 여민 마종은이 눈을 감았다. 그러자 강사의 말을 고분고분 듣던 여자들이 어른거렸다. 강사가 질문할 때마다 여자들이 내던 음파가 귓가에 들이찼다.

"여러분, 제 말이 틀려요? 맞아요?"

"맞아요오오오오."

"저는 그때 깨달았어요."

"우와아아아아."

오오오오. 아아아아. 마종은은 청중의 반응이 늘 무안하고 징그러웠다. 실내를 채우는 파동을 참기 힘들었다. 말이 아닌 감탄. 탄식과 장탄식. 순응과 굴종에 음성이 있다면 바로 그 소리 아닐까. 여자들이 쌓는 화음은 성가와 같이 듣기에 상냥하고 나긋했다. 그럴 때마다 마종은은 당장이라도 자리를 박차고 나가고 싶었다. 강사에게 달려가 사기 치지 말라고, 여자들을 조롱하지 말라고 윽박지르고 싶었다.

인간은 자신의 고통을 이해하는 인간을 사랑한다. 인간은 자신의 역사를 정독하는 인간을 사랑한다. 인간은 자신의 고독을 응시하는 인간을 사랑한다. 하지만 이 모든 게 착각이라면. 성급한 의존이라면. 목마른 자의 다급한 몸부림에 불과하다면. 그렇다면 덜 허약한 인간이 허약한 인간을 이용하기란 무서울 정도로 간단한 일 아닌가. 혼자 떠들게 하고, 귀 기울이는 척하고, 등을 몇 번 두드려주면 끝나는 일. 게다가 한번 마음을 내준 상대는 어떤 상황에서라도 마음을 긁어모은다. 마음이 완전히 바닥나도, 바닥 아래 바닥을 또 파낸다. 불굴의 의지를 지닌 중노년 여성들이 이러한 희생에 중독되게 만드는 일은 생각할수록 쉬운 짓이었다. 그들은 이것을 부당한 헌납과 기부라고 말하지 않는다. 착취를 착취라고 말하지 않는다. 대신 어디까지나 자신이 기꺼이 원한 기쁨이라고 말한다.

안방에 들어서자 실내에 고여 있던 편백나무 향이 콧속에 가득 찼다. 언제나 괜찮은 척, 아무렇지 않은 척할 수 있게 하던 냄새. 고상하고 차분한 이 기운. 마종은은 창문을 열었다. 온순한 집 안 공기보다 사나운 겨울 공기를 들이마시고 싶었다. 창밖에 머리를 내밀자 옆집 앞에 못 보던 경차 한 대가 보였다. 설이라고 들른 가족일 듯했다. 그쪽에서 뭔가 웅웅대는 소리가 들려왔다. 귀를 기울이니 '사과'와 '당장' 같은 단어가 귀에 채었다. 마종은은 곧 제대로 된 문장을 들을 수 있었다.

"아빠, 엄마한테 사과해. 당장 미안하다고 해. 진심으로 미안하다고 해!"

젊은 여자가 외치고 있었다. 여자의 고함뿐 대꾸는 들리지 않았다.

"사과해. 미안하다고 하라고!"

입을 꽉 다문 마종은은 가방에서 손수건을 급히 꺼내 들었다. 얼마 후 흠뻑 젖은 손수건 아래, 가방에 새겨 넣었던 부엉이들 모습이 비쳤다. 각기 다른 생김새의 부엉이 수십 마리였다. 새들의 눈썹과 부리가 촉촉해졌다. 그들의 윤곽이 점점 뚜렷해졌다.

*

영청 안팎을 휘돌던 말들은 빠른 속도로 흩어졌다. 말은 다른 틈과 균열을 향해 또 질주했다. 그럼에도 학원가 사건 이후 영청 곳곳에는 전보다 쇠락한 분위기가 감돌았다. 레테타 수술을 받은 여자 중 일부는 이따금 건강하지 않았던 시절을 떠올렸다. 일상을 멋대로 우그러뜨렸던 신경쇠약, 편두통, 복통, 오한, 열감이 가끔 그리웠다. 조금만 서둘러도 심장이 옥죄이듯 아팠는데. 관절이 부서질 듯 아렸는데. 크고 작은 통증을 추억하다니 믿기지 않는 일이었다.

한복집에 모인 야자수 모임원들은 화로 위에 가래떡을

올렸다. 몇몇은 따뜻한 장판 위에 아예 드러누웠다. 활동을 마치고 각자의 가게를 도는 일은 이제 익숙한 여가가 되어 가고 있었다. 하지만 사건을 기점으로 몇 가지 변화가 따랐다. 야간 수색 활동은 금요일과 토요일에서 토요일 하루로, 저녁 8시부터 10시였던 활동 시간도 7시부터 8시로 변경되었다. 야자수 외부보다 야자수 내부의 뜻이었다.

"이런 말 웃기긴 한데, 자기들은 전으로 돌아가고 싶었던 적 없어?"

"피곤해지고 싶지 않냐고? 그래, 가끔은 진이 다 빠지고 싶다."

빙그레 웃던 여자들이 저마다 눈을 깜빡였다. 그들은 딸, 아들, 남편의 걱정스러운 눈길을 다시 받고 싶었다. 괜찮아? 고생했네. 여보, 고마워. 엄마, 사랑해. 내가 미안해. 썩 와닿지 않아도 따스했던 말을 듣고 싶었다. 누군가의 인정과 격려를 원 없이 받고 싶었다.

"우리한테 왜 그 수술을 받으라고 했을까?"

노보금은 질문한 여자를 쳐다봤다. 입바람으로 떡을 식히던 여자들이 답을 내기 시작했다.

"만만해서?"

"알겠다. 평생 일하라고, 죽을 때까지 쉬지 말라고."

"일도 하고 아이도 낳으라는 건가?"

"아니, 우리는 남자도 여자도 아니야."

턱을 긁던 여자는 얼마 전 월경을 시작한 것 같다는 말을 꺼낼 수 없었다. 가래떡 하나를 더 집은 여자는 남편이 치킨집을 접고, 아들이 간호사 일을 관뒀다는 말을 꺼낼 수 없었다. 자세를 고쳐 누운 여자는 카라반과 도가니탕 식당 청소에 더해 학원 청소를 또 하게 됐다는 말을 꺼낼 수 없었다. 소매로 휴대폰 액정을 닦던 여자는 방학 중인 초등학교 운동장을 돌며 철봉에 발을 걸고, 거꾸로 보이는 세상을 하염없이 구경하는 게 소일거리가 되었다는 말을 꺼낼 수 없었다. 한복집에서 한마디도 하지 않은 여자는 조카가 2백만 원을 줄 테니 상사에게 치명상을 입혀달라고 부탁했다는 말을 차마 꺼낼 수 없었다.

"남자들한테는 일부러 수술 못 받게 한 거야. 힘 더 세지면 감당이 되겠어? 몸 좋아졌다고 똥고집에 패악질까지 부리면, 아이고."

"젊은 여자들은 우리처럼 곧이곧대로 안 믿었겠지? 아니면 저기, 부작용이 없는지 문제가 없는지 따져보고 받을 수도 있고."

"아까 저이 말이 맞네. 우리가 만만했네."

여자들이 고개를 끄덕였다.

"아니야. 왜들 그래. 우리가 왜 만만해?"

노보금이 여자들에게 물었지만, 돌아오는 답은 없었다. 한복집 여자가 남은 떡을 여자들에게 챙겨줬다. 누군가는 떡을 받았고 누군가는 떡을 받지 않았다.

잡으려 할수록 고요한 밤은 자꾸 멀어졌다. 노보금은 자신의 날 숨결이 아주 멀리서 들리는 것 같다고 생각했다. 목에 가느다란 구멍이 생긴 듯, 숨을 들이쉬고 내쉴 때마다 쉭쉭 쇳소리가 났다. 어디서 들어봤더라. 언제 들어봤더라. 잠이 안 오는 밤이면 귓가에 퍼지던 고라니의 울음. 미워. 미워. 미워. 외치던 그 소리. 왜. 왜. 왜. 묻던 그 소리. 몸을 뒤집은 노보금이 베개에 얼굴을 파묻었다. 모두 문을 걸어 닫은 겨울밤이라 조금 크게 말해도 될 것 같았다.

"미워. 미워. 미워. 왜. 왜. 왜."

*

문을 열고 나서자 두 눈에 강렬한 헤드라이트가 비쳤다. 노보금은 주먹을 그러모으고 등을 한껏 말았다. 차가 가까이 왔는데 왜 몰랐지. 반사 신경이 이렇게 둔할 리 없는데.

어깨를 편 노보금이 앞을 다시 쳐다봤다. 불빛은 없었다. 갈참나무 잎새 윗부분이 노란 것뿐이었다. 얼룩덜룩 밝은 색 잎을 차량 전조등 불빛으로 착각한 것이다. 노보금은 깊이 한숨을 내쉬었다. 정신을 차리자. 정신을 차릴 때까지 걷고 자자.

개천가를 얼마나 걸었을까. 산책로 끝에 다다르자 고가도로가 나타났다. 차도만큼 인도가 널찍한 철교였다. 먹구름 사이로 나온 가느다란 아침 햇빛이 강물에 하나둘 잠겼다. 강물을 굽어보던 노보금이 인도 위로 발을 내디뎠다. 인도를 거의 건넌 빌라 3층 여자의 딸은 휴대폰으로 전광판 동영상을 찍고 있었다. 화면에 춤을 추는 아이돌이 나오는 중이었다. 인도 끄트머리, 청악산 전망대가 가까워졌을 때 노보금은 한 연인을 봤다. 그는 다투고 있는 두 사람을 못 본 척하고 걸어나갔다.

"그 사람 누군데? 뭔데 매일 통화를 해? 그놈 때문에 이혼하자는 거지?"

"아니야, 너랑 더 지낼 수 없어서야. 이제 그만 참고 싶어서 그래."

"네가 그동안 뭘 참았다고? 내가 참은 건? 어?"

잠시 후 여자의 날카로운 비명이 들렸다. 전망대를 지나

쳤던 노보금이 몸을 돌려 전속력으로 내달렸다. 여자를 밀치던 남자가 노보금을 밀쳤다. 하지만 노보금은 뒤로 조금도 밀려나지 않았다. 눈을 굴리던 남자가 팔을 휘두르자 노보금이 그의 손목을 붙들었다. 이어서 여자가 노보금의 어깨에 매달렸다. 몸이 엉킨 세 사람은 얼마 후 전망대 옆 비탈길을 굴러 고가 아래 둔덕으로 떨어졌다. 빌라 3층 여자의 딸이 세 사람을 내려다봤다. 목에 걸어둔 휴대폰이 셋을 비추고 있었다.

*

마종은의 아들은 코와 쇄골이 부러졌다. 며느리 유구희는 왼쪽 발목에 금이 갔다.

"그나마 다행이에요. 여자분 위로 부부가 떨어지신 거라서. 밑에 있던 여자분이 레테타 수술자셔서."

그들 부부는 제주도에 가지 않았다. 설 연휴 내내 아들은 친구 집에, 며느리는 이웃집에 있었다고 했다. 마종은이 벽에 등을 기댔다. 병실 앞은 아수라장이었다. 아들의 외국인 친구가 울음을 멈추지 않았다. 마트 유니폼 차림의 여자는 말이 없었다. 빌라 3층 여자와 그의 딸은 부산스러웠다. 남편은 퇴근 후에 온다고 했다. 성만옥은 먹지 않겠다는 홍삼 음료를 계속 내밀었다. 기자들이 병원 앞으로 점점 몰려들었다. 마종은은 고개를 숙인 노보금을 노려봤다. 이곳에서 멀쩡한 건 노보금 하나였다. 마종은과 노보금을 번갈아 쳐다보던 성만옥이 말했다.

"아이고, 보금 언니가 그 수술을 괜히 받아서는. 쯧, 그래도 치료받고 있으니까 너무 걱정하지 말고."

아무도 대꾸가 없었다. 성만옥이 쉬지 않고 늘어놓는 말은 허공으로 우왕좌왕 흩어졌다. 노보금에게서 시선을 거둔 마종은은 한 여자를 줄곧 쳐다봤다. 마트 유니폼 차림의 여자는 슬리퍼를 한쪽만 신고 있었다. 가슴팍에 명찰이 달린 조끼를 벗지 않고 있었다.

야자수는 해체되었다. 레테타 수술을 받은 여자들은 가족들과 종종 심하게 다퉜다. 그들은 집 밖으로 잘 나오지 않거나 집을 아예 떠났다. 수사와 피의자 조사가 시작되었다. 사건이 우발적으로 일어난 것인지, 계획하에 일어난 것인지가 쟁점이었다.

사그라들었던 불씨가 짤막한 지푸라기를 삼키고 다시 타올랐다. 레테타 수술의 실효성과 안전성을 분명하게 입증할 수 있는지, 고의성이 없었다면 레테타 관계자들과 보험사가 어디까지 보상할 수 있는지. 앞머리만 들추다 치워두었던 논란 역시 다시 지펴졌다. 노화 극복이란 명제 자체가 윤리적인지, 신체 보완과 신체 강화에 대한 분별과 접근법이 보다 엄밀해져야 하는 게 아닌지, 적절한 통제가 불가능하다면 수술받은 여자들끼리 모여 살아야 하는 게 아닌지, 비슷한 문제가 또 생기기 전에 수술자를 알아볼 수 있는 표식을 따로 만들어야 하는 게 아닌지. 그리고 영청 주민이 느끼는 불안에 대한 방안과 영청 주민 간 불화에 대한 실다운 모색이 이제는 나와야 하는 게 아닌지.

*

경찰서에서 돌아온 노보금은 평소보다 오래 목욕했다. 욕조 안 미지근해진 물에 온갖 잡념이 녹아 있길 바라고 바랐다. 늘어진 피부에 스킨을 천천히 바른 그는 로션 뚜껑을 열었다. 양이 얼마 안 남았는지 크림이 잘 나오지 않았다. 유리병을 거꾸로 들고 흔들던 노보금이 그대로 멈췄다. 병 밑바닥에 적힌 숫자를 본 후였다. 4년. 유통기한이 4년 전에 끝난 제품이었다. 다시 화장실에 들어간 노보금이 수납장 속 샴푸와 린스를 집었다. 역시 기한이 오래전에 끝난 제품들이었다. 수납장 하단의 치약, 보습 크림, 세정제 모두. 받았던 선물들을 쓰레기봉투에 하나둘 던져 넣던 노보금은 얼마 후 물건들을 꺼내 제자리에 두었다. 상관없을 것 같았다. 지금껏 문제가 생긴 적도 없었다. 방부 처리된 건 이런 물건뿐이 아니었다. 차소원과의 우정도, 자신 몸도 어쩌면 유통기한이 지난 채로 아무 탈이 없지 않았나. 갑자기 무슨 결심으로 단절을 원하나. 맺고 끊음을 확실하게 정하는 건 가능하지 않다. 분별은 해롭다. 자기 영역에 아무 불순물도 섞이지 않길 바라는 건 유아기의 욕망과 가까울 테니까.

[영청경찰청]영청시에서 배회 중인 은예진 씨(여, 69세)를 찾습니다. 152센티미터, 43킬로그램의 왜소한 몸집, 무릎 기장 자주색 패딩, 갈색 바지, 남색 장화, 성경 책 소지, 레테타 수술자.

휴대폰 안전 문자를 읽던 노보금이 얼굴을 찌푸렸다. 무음으로 설정한 후 잘 들여다보지 않은 화면으로 협박과 조소가 담긴 메시지들이 쏟아졌다. 꺼림칙해도 지울 수 없었다. 변호사가 수신된 문자를 일절 건드리지 말라고 했다. 변호사는 팔이 부러진 남자의 전 여자친구가 서에서 레테타 수술을 강하게 옹호했다고 전했다. 전망대에 있던 목격자가 남자가 먼저 때렸다고 진술한 것에 더해 휴대폰 동영상을 증거로 제출했다고 전했다. 입원 중인 환자 부부의 상태가 빠른 속도로 호전되고 있다고 전했다. 유리한 정황이 내내 늘어나고 있다는 그의 말에도 노보금의 입은 열리지 않았다.

머리카락을 말리던 노보금이 돌연 드라이어를 끄고 뮤직비디오를 틀었다. 대만 펑크 밴드와 홍콩 일렉트로닉 밴드와 말레이시아 사이키델릭 록밴드가 자신 대신 화를 내주었다. 그는 음악 소리를 더 키웠다. 포털 사이트 뉴스마다 자신 이름과 얼굴이 보였다. 그는 기사 하나를 눌렀다. 데뷔 후 방송 활동 이력과 대표 코너에 대한 설명이 짧게 나왔다. 링크를 타고 가자 차소원이 폭소하는 모습의 섬네일이 보였다. 노보금은 화살표 아이콘을 누를지 말지 망설였다. 그가 출연한 예능 프로그램을 몇 번 찾아본 뒤로 굳게 다짐한 바가 있었기 때문이다. 앞으로는 화면 속 차소원을 절대 보지 않기로. 어쩌다 보게 되더라도 왜 그랬는지 따져 묻지 않기로.

영상들은 15초 남짓의 길이였다. 첫번째 영상에서 차소원은 남자를 밀쳤다. 그러자 남자가 스튜디오 밖까지 밀려나가는 시늉을 했다. 두번째 영상에서 차소원은 한 여자와 몸싸움을 벌였다. 두 사람은 서로를 때리며 피투성이가 되다 지구 밖을 떠돌았다. 격투 흉내는 어설펐고 특수 분장과 CG는 더 어설펐다. 하지만 영상 제목은 노보금의 두 눈과 심장 하나를 깊고 정확히 공격했다. *레테타 수술받은 여자들끼리 싸우면 누가 이길까.*

노보금은 쓰레기봉투에 다시 물건을 집어넣었다. 물건은 탈이 없어도 차소원이 이것들을 챙겨 자신에게 주기까지의 그 마음은 탈이 될 것이다. 수도꼭지를 아무리 깨끗이 닦는다 한들, 수도관이 더러우면 무슨 소용인가. 그만, 그러니까 이제 그만. 노보금은 미뤄왔던 정화의 시간이 다가왔다고 생각했다. 당분간 누구와도 연락하지 말라는 변호사의 당부를 무시하고 노보금이 통화 버튼을 눌렀다. 차소원이 안부를 늘어놓으려고 하자 그가 말을 끊고 물었다.

"소원아. 넌 날 그렇게 대할 때 재밌었니?"

"얘, 보금아. 편집이 그렇게 된 거야."

"처음부터 끝까지 네가 내 흉내를 냈는데?"

"그건 실수였어."

"아니, 실수 아니야. 그렇게 자주 한 실수는 실수가 아니야."

"방송 때문에 과장한 거지. 거기가 어떻게 돌아가는지는 너도 잘 알잖아. 까라면 까고 죽으라면 죽고. 응? 재미를 위해서라면 뭐든 하는 데야."

"재미를 위해서라면 뭐든 해도 된다고 누가 그랬어? 너도 너한테 상관없다 그랬어? 그럼 넌 망가진 거야. 난 재미없었어. 진짜 재미없었어."

노보금은 그의 말을 더 듣지 않고 통화 종료 버튼을 눌렀다. 이어지던 태국 얼터너티브 록밴드의 노래도 껐다. 적막은 소란과 이어졌다. 이런 음악 들으면 네가 젊어진 것 같았어? 뭔가 달라진 것 같았어? 어울리지도 않는데 뭐 하러 그렇게 기웃거렸니? 뒷방 늙은이로 뒤처지기 싫어서? 그게 그렇게 무서워서? 머리카락에서 물이 뚝뚝 떨어졌다. 바닥을 적시던 작은 물방울은 어느새 자취도 없이 사라졌다. 노보금이 자리에서 일어났다. 비트가 세고 빠른 곡들은 때때로 가장 힘이 없었다. 그들이 약하기 때문에 세고 빠른 음악을 만들어냈다는 생각을 지울 수 없었다. 자신과 먼 것 같던 그들이 사실 자신과 가까웠다는 결론 역시 힘이 없었다.

창가에 기댄 노보금은 마당을 내다봤다. 황갈색 무늬 고양이는 커다란 꿀벌처럼 보였다. 눈을 감자 꿀벌의 눈은 나무 옹이의 눈과 이어졌다. 나무 옹이의 눈은 부엉이의 눈과 이어졌다. 부엉이의 눈은 다시 고양이의 눈과 이어졌다. 노보금이 가만히 눈을 떴다. 자신을 발견한 고양이가 창 가까이 다가왔다. 고양이의 눈은 파자마상어의 눈과 이어졌다. 파자마상어의 눈은 계곡 자갈들의 눈과 이어졌다. 계곡 자갈들의 눈은 청악산의 눈과 이어졌다. 청악산의 눈은 늑대의 눈과 이어졌다. 늑대의 눈은 지금 자신의 눈과 이어졌다. 노보금은 몸을 바꿔 계속 여행하는 영혼에 대해 생각했다. 그 영혼의 피로와 고단을 근심했다. 너덜너덜 상처투성이가 된 영에 대해. 모든 게 지루하고 까마득해진 혼에 대해.

방송을 그만둔 이유는 복합적이었다. 업계의 고질적인 구조 문제와 동료들의 섬뜩한 자의식도 문제였지만 가장 참기 힘든 건 속도였다. 노보금은 진행자가 할 말을 미리 짐작할 수 있었고 방청객들이 보일 반응도 누구보다 먼저 파악할 수 있었다. 너무 느렸다. 모두 너무 느렸다. 예상했던 장면들이 눈앞에 그대로 펼쳐졌다.

"지양이요? 지향이요?"

"지양해야 한다고요. 지, 양."

"아, 하지 말아야 한다는 뜻이죠."

한자어로 줄인 말을 다시 풀어내느라 지나갔던 시간.

"시발점으로 봐야죠."

"네? 뭐라고요? 아이고, 깜짝이야. 방송 사고 나는 줄 알았잖아요. 발음 정확하게 해주셔야 합니다. 시청자분들 놀라셨죠? 여러분, 시발점이에요. 점을 꼭 붙여주세요. 꼭."

그냥 지나치지 못하고 붙든 말 때문에 또 지나갔던 시간.

"아무 말이나 계속해주세요. 마이크 상태 확인 끝나면 신호 드릴게요."

방송 전 무대 위에서 필요 없는 말을 주절주절 떠들어야 했던 그 모든 시간. 노보금은 두 손으로 얼굴을 감쌌다. 견딜 수 없이 부끄러웠다. 평생 벅찰 정도로 늘어놓았던 말. 뻔한 설명과 뻔한 웃음으로 오염되던 나날. 위로가 통속으로, 통속이 위로로 뒤섞이는 바람에 머릿속이 혼탁해졌던 순간. 그래도 끝내 받아들일 수 없던 궁색한 말장난과 처량한 재치. 말이 끊기고 나면 자신과 자신 주변으로 서서히 번지던 권태.

마른세수를 연거푸 한 노보금이 오른손 손등을 골똘히 쳐다봤다. 그날 전망대에서 생긴 상처 자국은 작았다. 하지만 상처를 메우기 위해 몸은 최선을 다해 애쓰고 있었다. 긁힌 부분 주변으로 살갗들이 모여들고 있었다. 햇빛 줄기 같기도, 민들레 홀씨 털 같기도 한 금들이었다. 그는 엎어

뒀던 휴대폰을 집었다.

*

마종은과 성만옥은 들쭉에서 기다리겠다고 했다. 같이 밥 먹을 생각은 없는지 점심시간을 비낀 시간이었다.

여러 사정으로 인해 문을 닫습니다. 그동안 들쭉을 찾아 주셔서 감사합니다.

노보금은 문 앞에 붙은 글씨를 이리저리 뜯어봤다. 붓펜으로 정성껏 쓴, 아무 흠이 없는 서체였다. 실내는 깨끗했다. 공간마다 짜임새가 있었고 물품들은 알뜰하고도 야무지게 정돈되어 있었다. 노보금이 고개를 세차게 저었다. 사과. 제대로 된 사과부터 하는 게 우선이었다. 마종은과 성만옥은 바깥의 기척을 듣지 못하고 대화를 이어갔다.

"언니도 영상 봤잖아. 보금 언니가 먼저 때린 게 아니던데. 또 말하긴 그렇지만, 언니 아들이……"

"그래, 알아. 내가 헛살았다."

"솔직히 그 언니가 마약을 했냐, 사람을 죽였냐. 그냥 수술 하나 받은 건데."

성만옥의 말소리를 따라가자 소파에 앉아 있는 두 사람

이 보였다. 노보금이 자리에 선 채 말했다.

"미안하다. 종은아. 너무 미안해."

마종은은 탁자를 바라보며 답했다.

"아냐, 잘했다. 너 수술 잘 받았어."

탁자에서 시선을 뗀 그가 숨을 골랐다. 두 눈은 노보금을 향해 있었다.

"근데 나는 수술받지 않은 걸 후회하지 않아. 내 몸이 초라하고 약해도."

어색한 분위기를 견디지 못하고 성만옥이 물었다.

"무슨 소리야? 초라하고 약한 게 뭐가 좋다고."

마종은이 두 손을 모으고 답했다.

"오해하지 마. 나도 너희들만큼 강해. 근데 나는 고요한 게 편하다…… 겸손하고 고독한 날들이 나한테는 꼭 필요해."

입을 내민 성만옥이 물었다.

"그게 수술이랑 무슨 상관인데?"

"허약해야…… 겸손하고 고독해야 가질 수 있는 게 있어. 여러 개의 눈과 창문."

잠자코 있던 노보금이 말했다.

"종은아, 우리는 춤을 췄잖아. 몸의 한계를 벗어나려고 시장에 모여 춤을 췄잖아. 그러니까 갖고 있던 조건을 버릴 수 있다면, 버리는 게 낫지 않니?"

마종은이 미소를 띤 채 말했다.

"난 내 힘으로, 내가 꾸려온 몸으로 춤추고 싶었어."

손을 뒤로 넘겨 자기 등을 두드리던 성만옥이 말했다.

"아이고, 다들 책을 쓰든가 교수를 하든가. 이 만옥이는 반찬 만들다 허리 나가게 생겼어. 몇 년 뒤엔 나도 수술받을 거다. 그때도 레테타가 있으면."

휴대폰을 보던 그가 이어 말했다.

"언니들, 나 이제 일어날게. 남편 거의 다 왔대."

마종은이 성만옥에게 작약차 한 상자를 내밀었다.

"남편 드려. 내가 그동안 따로 뭐 챙겨준 게 없다."

"언니, 나 애인도 만날 건데? 두 개 줘. 어차피 재고잖아. 그러고 보니 여기 누가 들어올는지 복 받았다. 은이 언니가 이렇게 잘 손봐놨는데."

작약차 위에 감초차 한 상자를 올린 마종은이 말했다.

"오늘도 애인한테 데려다주신대? 남편 아주 상남자네."

"그럼, 애인도 남편도 내가 고른 사람들인데. 언니들 몰랐지? 나 사람 무지하게 잘 봐. 금이 언니, 은이 언니도 내가 보자마자 엄청 친해져야지 마음먹었다고."

차 두 상자를 챙긴 성만옥이 어깨춤을 췄다. 잠시 후 양손에 쇼핑팩을 들었다 내린 그가 두 사람을 향해 손을 크게 흔들었다.

"종은아, 나도 슬슬 갈게."

"노보금, 나 청악산 갈 건데 같이 안 갈래? 많이는 안 걸을 거야. 한 만 보만 걷자."

"아냐. 다음에. 다음이 좋겠다. 그리고 사과 받아줘서 고마워."

"아우, 나도 나지만 너도 너다. 이제 고맙다는 말 하지마. 섭섭해."

들쭉을 나온 노보금이 공원 벤치에 털썩 앉았다. 그동안 그는 마종은이 붕괴를 두려워한다고 여겼다. 가까스로 유지하는 품위가 깨질까 봐, 부지불식간에 바닥으로 추락할까 봐 수술을 거부했다고 생각했다. 또한 그는 성만옥이 자유를 두려워한다고 여겼다. 아무리 방황해도 끝내 자유를 만나지 못할까 봐, 자주 발을 구르고 조바심을 낸다고 생각했다. 노보금은 맞은편 노송에 시선을 고정하고 자신의 두려움을 바라봤다. 후회. 레테타는 자신이 이곳으로 오기까지의 선택을, 자신의 지난날을 후회하게 될까 봐 받은 수술이었다.

성만옥은 양손에 반찬 통이 담긴 쇼핑백을 들고 걷다 자리에 잠시 멈춰 섰다. 쓰레기 사이를 뒤지고 있던 고양이가 그를 찬찬히 지켜봤다. 평소라면 곧장 제 갈 길을 갔겠지만 이번엔 그렇지 않았다. 먹을 것이 없어 쓰레기를 뒤지는 존재가, 세상의 관습이 만들어낸 작은 지옥이 코앞에 있었다. 못 본 척 두 걸음을 떼봐도 더 나아가기 힘들었다. 사람이든 동물이든 누구든 그런 상황에 놓이면 안 되는 일이었다. 성만옥은 쇼핑백을 땅에 내려뒀다. 팔이 뻐근할 만큼 많은 반찬을 만든 자신이 죄를 지은 것만 같았다. 남편의 차는 이미 멀어진 후였다. 카센터 남자는 성만옥의 전화를 받고는 창고를 뒤졌다. 그는 택배 상자를 꺼내 먼지를 털고 그 안에 담요를 깔았다. 편의점에 달려가 어린 고양이가 먹을 수 있는 통조림 여러 개와 생수 그리고 종이 접시를 샀다. 고양이 앞에 황태 보푸라기를 덜어두었던 성만옥이 카센터 남자를 보고 벌떡 일어섰다.

청악산 중턱에 선 마종은이 고개를 가로저었다. 장엄한 산세가 막막했다. 오기 부리지 마. 억지로 오지 마. 그런 마음으로 내게 들르지 마. 좁게 꼬인 자신을 산이 조용히 탓하는 듯했다. 정자에 앉아 내려본 영청 시내는 레고로 만든

조형물 같았다. 화물 트럭은 성냥갑 같았고 공원을 걷는 사람들은 꼬물대는 막대 벌레 같았다. 발길을 돌려 한참을 내려가자 한 가족이 눈에 들어왔다. 가족 네 명은 모두 뒤로 걷는 중이었다.

"아빠, 언제까지 이렇게 갈 거야?"

"건강해지려면 거꾸로 걸어야지."

"거짓말. 이렇게 가는 거 처음인데."

산에서 내려온 마종은이 천천히 뒤돌아섰다. 청악산은 높았지만, 안데스산맥은 더 높을 것이다. 안데스산맥은 멀지만, 목성은 더 멀 것이다. 시야를 지구 밖으로 내몰수록 자신이 미물이라는 판단은 확고해졌다. 우주에서 자신은 아예 보이지도 않았다. 뭘 보고 살았지. 누구를 이해하며 지냈지. 마종은은 한 손을 가슴팍에 올렸다. 아무것도 안 보고 누구도 이해하지 않았다. 창이 없는 냉방에서 그 무엇도 품지 않았다.

집으로 가는 길, 다시 그 공사장 앞에 선 마종은은 지난번보다 더 오래 자리에 머물렀다. 녹슨 파이프 더미, 폐자재 무더기, 유리와 돌이 어느새 다 치워져 있었다. 좁은 비탈길의 급경사 구역은 어쩐 일인지 평평했다. 사람들이 시멘트를 붓고 매만져 땅을 메꾼 것 같았다. 밑단엔 시멘트가 마르기 전, 누군가 그려 넣은 월계수 잎사귀 그림이 있었다. 그림 위엔 좁다란 팬지 화단이 있었다. 그리고 화단 뒤엔 빛바랜 플라스틱 의자가 세 개 있었다.

코와 쇄골이 거의 다 붙은 아들은 바나나를 우걱우걱 먹고 있었다. 그에게 두유를 건넨 마종은이 다른 병실을 찾았다. 며느리 유구희가 있는 곳이었다. 마종은을 본 캐셔가 그를 향해 묵례하고 밖으로 나갔다.

"희야, 이제 우리 곁에 있지 마."

유구희는 입을 벌린 채 그가 내민 봉투를 쳐다봤다.

"저 사람한테 가봐. 거기 가서 살아. 살다가 힘들면 또 연락하고."

유구희가 고개를 젓고는 말했다.

"아네요. 저희…… 아무 사이도 아니에요. 아무 일도 없었어요."

"짝사랑이면 어때. 사람이 좋아하는 사람 곁에서 살아야지. 우리 아들은 아니잖아."

"어머님……"

유구희가 뒷말을 잇지 못하자 마종은이 그의 어깨를 어루만졌다.

"이름대로 지내. 기쁠 희, 네 이름대로 기쁘게. 혹시 차여도 오지 말고. 나 바쁘니까. 알겠지?"

*

영청 곳곳과 시장 어귀에 현수막이 걸렸다. 휴양림 야영장 진입로에도 현수막이 나부꼈다. 춤 발표회 날짜와 시간이 적힌 천이었다. 야영장은 평일이라 한적했다. 이혼 서류를 다 작성한 여자가 야영장 매표소 창으로 한 가족을 내다봤다. 텅 빈 주차장을 뛰어다니는 두 아이를 잡기 위해 뛰는 부부 역시 아이들처럼 해사해 보였다. 달리기를 멈추고 땅에서 뭔가를 집은 여자가 매표소 앞으로 다가왔다. 서류를 옆으로 치운 여자는 창밖의 여자가 건네는 볼펜을 받아 들었다.

"이거 여기 있던 거죠? 저희 애들이 모르고 가져왔나 봐요. 죄송해요."

여자는 볼펜에 새겨진 들쭉이란 글자를 보고 미소 지었다.

"딸이랑 아들이 몇 살이에요? 참 예뻐요."

"딸은 일곱 살, 아들은 다섯 살이요. 진짜 말 안 들어요."

"애들이 말을 들으면 이상하죠."

부엉이 수십 마리가 수 놓인 가방을 쳐다보던 여자가 창밖의 여자에게 잠깐만 기다려달라고 말했다. 가방 속 필통에서 뭔가를 꺼낸 그가 말했다.

"탄소 배출을 줄이기 위해서, 버려진 신문지로 만든 연필이에요. 이거 아이들 주세요."

"우와, 고맙습니다."

시계를 본 여자가 시장에 가기 위해 가방을 챙겼다.

시금치베이글과 메밀차를 주문한 여자가 눈을 비볐다. 결혼을 앞두고 신경 쓸 일이 너무 많았다. 웨딩 플래너와 긴 통화를 마친 그는 테이블 앞에 선 여자를 뚫어지게 쳐다봤다.

"서비스. 아까 만든 건데 모양이 좀 비뚤어져서요."

여자가 내민 비닐봉지엔 '통곡물마늘빵'이라는 스티커가 붙어 있었다.

"예비 신부가 잘 먹어야죠. 용기 내서 큰 결심한 건데."

"아, 제가 통화 너무 크게 했죠? 플래너분이 지하철에 계셔서."

"하나도 안 컸어. 그리고 식단 같은 거 심하게 지키지 마요. 몸 상할라."

"진짜 죽겠어요. 탄수화물 그만 먹어야 하는데."

"먹어요, 먹어. 다 먹고 살자고 하는 짓이야."

"이따 여기로 예비 신랑 온대요. 괜찮으시면 같이 차라도 한잔 드실래요? 제가 살게요."

"참 나, 험한 세상 어떻게 살려고 이렇게 말랑말랑해. 좀 약아야지, 모질어야지. 신부 착한 거 보니까 신랑도 착한가 보네."

"저 말고 걔가 착해요. 답답할 정도로 착해."

여자의 말에 빙그레 웃은 여자가 주방으로 들어가 뭔가를 들고나왔다.

"착한 부부한테 주는 결혼 축하 선물이에요. 아니다, 앞으로 단골 되어달라는 뇌물."

인삼절편 팩을 본 여자가 자리에서 일어났다.

"아이고, 이렇게까지 안 챙겨주셔도 돼요."

"가져가든가 말든가. 난 이제 시장에 춤추러 갈 거야. 이 뱃살 좀 봐요."

식사를 마친 여자가 계산대 앞에 섰다. 스튜가 약간 짜서 오랜만에 콜라를 마셨다. 하지만 큼직한 채소가 듬뿍 든 스튜는 나중에도 또 생각날 것 같았다. 콜라와 함께 내준 컵 속의 얼음 모양도 귀여웠다.

"맛, 있었어요?"

여자 뒤에 걸린 필리핀 국기를 본 여자가 고개를 끄덕이며 답했다.

"네, 채소가 신선해서 맛있었어요. 재료를 많이 넣으셔서 맛있었어요."

카드를 받은 여자는 칭찬에도 반응이 없었다. 여자가 놀란 기색으로 말했다.

"현금 없고 카드? 음료수, 아직 메뉴 못 썼어. 다른 메뉴 눌러서 할게요."

영수증을 받은 여자는 원래 내야 할 가격보다 천 원 더 붙은 가격을 쳐다봤다. 뭘 누른 거지. 기계를 잘 못 다루나. 아니면 카드 결제 처리가 서투른 척하면서 돈을 더 받는 건가. 여자는 내려보던 영수증을 구겼다. 실수라고 여겨야 마음이 편할 듯했다. 콜라 하나로 마음이 가라앉기 싫었다. 그래도 제법 괜찮은 식당을 찾았다고 믿었는데, 이제 올 일이 있을까 싶었다.

"이거 받아야죠. 레이디, 테이크 디스."

문손잡이를 잡았던 여자가 계산대로 다시 갔다. 여자가 구깃구깃한 천 원권 지폐를 내밀었다.

"글 씀 돈, 가져가야죠."

"아, 거스름돈."

"돈이 안 보여 끝내 찾았어요. 그리고 쇼트 머리 잘 어울려요."

두 손으로 지폐를 받은 여자가 가게 골목으로 들어섰다. 담배를 다 태운 여자는 시장으로 향했다.

광장에 모인 여자들은 춤을 너무 오래 쉬었는데 따로 더 연습하지 않아도 되느냐고 성화를 부렸다. 앰프를 제자리에 놓은 강사가 답했다.

"다들 잘 추시잖아요. 걱정 마요. 우리가 제일 좋아하는 노래들만 틀 거니까."

그 말에 앞줄의 여자가 크게 외쳤다.

"잘 안 해도 돼. 좀 못하면 어때? 까먹으면 마음대로 흔들어재껴."

여자 주위에 있던 이들이 서로의 몸을 붙들고 떠들었다.

"아유, 그러다 욕먹어."

"욕먹으면 오래 살고 좋지."

"어휴, 나는 망신살 뻗치기 싫거든? 자기나 그렇게 흔드시든가."

"모르겠다. 음악 소리 크면 대충 지나가겠지."

"왜 대충 할 생각부터 해? 우리 동작 다 외웠는데."

손목과 발목을 다 털어낸 강사가 외쳤다.

"맞아요. 다 기억하실 거예요. 발표회 날, 모르면 저 보고 따라 하셔도 돼요. 제가 맨 앞줄이니까."

물로 입술을 축인 강사가 음악을 틀었다.

나이는 묻지 마요. 눈만 마주쳐요. 인생은 짧아. 사랑은 더 짧아.

마종은과 성만옥이 광장에 도착한 노보금을 발견했다. 두 사람은 노보금이 선 줄 끝으로 자리를 옮겼다. 머뭇거리던 여자들이 투덜대기 시작했다.

"아, 뭐야. 또 비가 오고 난리야."

"우리 연습 어떡해? 발표회가 다음 주인데."

"이러다 그칠 것 같지 않아? 그냥 춰. 봄비야, 봄비."

"그럴까요? 우리 계속 춤출까요?"

자리를 뜨는 여자는 없었다. 그들의 머리 위로 가느다란 비가 투둑투둑 떨어졌다. 어딘가에서 풋풋한 흙냄새가 피어오르고 있었다. 광장 판석 밑에 눌려 있던 땅의 체취였다. 마종은은 성만옥의 정수리에 내려앉은 빗방울을 털어냈다. 성만옥은 노보금의 어깨에 내려앉은 빗방울을 털어냈다. 노보금은 마종은의 눈썹에 내려앉은 빗방울을 털어냈다. 서로를 보고 웃음을 터뜨린 세 사람은 고개를 들어 빗방울을 맞았다. 이마, 눈두덩, 볼에 닿는 물은 촉촉했다.

비가 긋자 노보금의 눈에 멀리 교각이 들어왔다. 개천가 다리 위 전구들이 알알이 빛나고 있었다. 작고 올망졸망한 귤들. 아주 잘 익은 귤빛 조명이었다.

작가의 말

돌풍이 불던 3월 8일에는 여성 대회가 열리는 청계광장에 있었다. 소설 마감을 끝낸 뒤 가족과 며칠을 보내다 진이 빠진 채로 간 행사였다. sf×f 동행들과 조그만 부스를 지키며 모임 안내를 하는 동안 몇 번이나 움찔했다. 아마 우리 부스가 무대 바로 앞자리라 생긴 상황이었을 것이다. 한기를 피하려고 들어왔다가 나가지 않는 사람, 책상 위의 젤리 통을 가져가려는 사람, 핫팩을 받고도 새 핫팩을 요구하는 사람, 등산 가방 대여섯 개를 맡아달라는 사람, 남은 물품과 깃발을 달라는 사람. 그날은 따스한 사람들만큼이나 스산한 사람들을 많이 만났다. 천막을 날릴 듯한 바람이 종일 불었다.

이번 겨울만큼 봄을 기다린 적이 있었을까. 계절이 바뀌면 그 속의 나도 조금 바뀔 거라 기대했다. 하지만 그런 짐작은 미신에 가까웠나 보다. 매번 마감 뒤로 미뤘던, 어쩌면 평생을 미뤘던 심리 상담 이틀 뒤 동생이 난소암 3기라는 소식을 접했다. 의료 파업으로 각종 검사가 내내 지연되다 세번째로 옮긴 병원에서 받은 판정이었다. 나는 울고 있는 동생에게 무턱대고 다 잘될 거란 말을 할 수 없었다. 그날은 부쳐야 할 서류를 집에 두고 우체국에 갔다. 다시 서류를 가져와 발송을 마치고 걷다가는 손에 서류가 없어 허둥지둥 댔다. 중환자실에서 본 동생의 모습은 뜻밖에도 의연했다. 복수가 찬 통을 비우러 함께 복도로 나섰을 때 동생이 간호사에게 말했다.

"병실 들어갈 것 없이 여기서 혈압도 재죠. 우리 두 번 일하지 맙시다."

동생이 부장님처럼 껄껄댔다. 내가 곁에 없던 며칠간 대체 어떤 생활을 한 건지, 실습을 마친 인턴들이 동생에게 인사를 하러 몰려왔다. 인턴 한 명이 포켓몬빵 띠부씰을 내밀며 눈물을 훔치자 동생이 그를 달랬다.

"우와, 이거 갖고 싶었던 건데. 근데 짠하게 왜 또 울어요. 얼른 가서 뒤풀이해요."

동생의 말에 두 손으로 얼굴을 가린 다른 인턴이 비틀대며 병실을 나갔다. 폐 한쪽을 채웠던 물을 빼내고 항암 치료 준비를 마치자 판정이 바뀌었다. 암이 아니라 종괴인 것 같다고. 수치가 애매하긴 한데 암세포는 없다고.

수술 전날, 복도에서 주위를 두리번거리던 엄마가 나지막하게 말했다.

"의사가 이렇게까지 알아보기 힘든 경우는 없었다더라. 종괴가 아니라 다시 암일 수도 있대."

왜. 이게 무슨 말이야. 어떻게 아직도 몰라. 의료진의 판단을 불신할 수 없는 노릇이지만, 이 정도의 갈팡질팡은 심하지 않나. 현대 의학은 분명 발전한 게 맞지만, 여성 의학도 그런가. 장기 사이에 숨은 난소는 어쩌자고 이토록 조용하고 지독한 활동을 벌이는 거지. 엄마는 내게 기도나 하라고 했다. 우리가 할 수 있는 건 기도뿐이라고 했다. 가족과 최대한 떨어져 있어야 했던 시기에 가족과 붙어 있을 수밖에 없었던 나는 싸움을 미루고 널뛰는 심장 위에 손을 올렸다. 집과 병원을 오가는 동안 근심은 계속 도착했다. 더 둘 자리도 없는데 화와 울이 계속 쌓였다. 그러니까 확실한 것은 하나, 수술 당일 동생의 배를 열어봐야만 실상을 알 수 있다는 사실. 둘, 이 음陰의 시간은 혈육뿐 아니라 모든 환자가 통과하고 있다는 사실. 셋, 지금은 기-승이지 전-결 단계가 아니라고 되뇌어야 한다는 사실.

보조 침대 머리맡에 둘 책은 무게와 내용 모두 너무 무거워도, 너무 가벼워도 곤란했다. 나는 읽던 책을 덮고 새 책을 집었다. 마릴렌 파투-마티스의 『파묻힌 여성』 말고 김혜진의 『축복을 비는 마음』. 젠더 고고학 대신 담백한 소설집이, 어깨를 잡아 흔드는 제목 대신 어깨를 두드려주는 제목이 필요할 때였다.

"벚꽃! 벚꽃!"

짐을 더 챙겨 병원으로 가는 길, 지하철을 기다리는 내게 누군가 다가와 말했다. 꽃놀이를 가려면 어느 역으로 가야 하느냐는 질문을 단 두 음절로 표현하는 사람이었다. 그러게. 출구로 나와 고개를 드니 벚나무가 꽃잎을 마구 터뜨리는 계절이었다.

"투표함을 열어보기 전까지 결과는 예측할 수 없을 것 같은데요."

그러게. 이 수술처럼. 나는 총선 소식을 전하는 기자에게

속으로 대꾸했다.

수술을 잘 견딘 동생이 호스를 입에 물고 색색의 공을 허공에 띄울 때, 소변 줄과 피 주머니를 빼고 밥을 뜰 때, 테라스로 나가 같이 해를 쬘 때, 나는 할 일이 끝나간다고 여겼다. 그런데 마무리했다고 생각했던 소설이 고개를 절레절레 저으며 물었다. 여성 장기에 대해, 여성 질환에 대해 네가 아는 게 뭐지. 털모자를 쓰고 복도를 조심조심 걷는 여자들을 봤니. 하긴, 뭐라도 알았다면 아예 쓸 수 없었을 테지만 그래도 너는 여성의 몸에 대한 SF를 지나치게 천진한 태도로 다룬 게 아닐까. 나는 대꾸 없이 동생과 같은 병실에 있는 사람들을 떠올렸다. 병실에 들어선 의사는 동생이 암이 아니라는 말을 너무 크게 외쳤고 말기 암 환자와 그의 간병인들은 동생에게 정말 축하한다고, 천만다행이라고 격려를 해주었다. 암 투병 중인 가족을 돌보는 나의 친구들도 그들과 같은 말을 해주었다. 내가 어떻게 해야 고개를 들고 이 시기를 제대로 돌아볼 수 있을까.

뉴욕에 알 만한 가치가 있는 사람은 단지 4백 명이라는 한 작가의 말에 오 헨리는 이렇게 반박했다. 4백 명이 아니라 4백만 명은 된다고. 그러니까 모든 뉴욕 시민이 알 만한 가치가 있는 사람들이라고. 그는 실제로 『더 포 밀리언*The four million: collection of short stories*』이라는 소설집을 출간했다. 병동에서는 오 헨리의 소설관에 더 동의하게 되었다. 그리고 박완서의 문장에 더 의지하게 되었다. "내 눈가에 나이테를 하나 남기고 올해는 갈 테고, 올해의 괴로움은 잊혀질 것이다"(『꼴찌에게 보내는 갈채』, 세계사, 2002).

젤리를 통째로 집어 가려는 사람 다음엔 호두과자를 준 사람이 있었다. '벚꽃'이라고 외치는 사람 다음엔 유리문을 잡아주는 사람이 있었다. 하지만 이런 식의 대구로 인간의 이타성이나 우리 안의 선한 본성을 강조하고 싶은 것은 아니다. 나는 여성 장기, 여성 질환보다 노년 여성을 더 모른다. 그들 안에서 시시각각 몸을 불리고 줄이는 번잡함과 고립감에 대해서는 더욱 모른다. 무지 속에서 이해와 화해를 포기하기도 했다. 그러니 지금의 이야기도 단순한 원칙을 세워, 지금의 시야로 담아냈을 뿐이다. 소설에 납득할 수 있는 사람들만을 등장시키지 않는 것. 끝내 좋아할 수 없는 사람, 영영 모를 사람들도 서사 안에 두는 것. 인물의 생애는 그 인물의 것이고, 내가 할 일은 그와 잠시 만나고 헤어지는 것이라는 사실을 잊지 않는 것.

앞뒤를 봐줄 것 없이 더 어지러운 나날이 오겠지만 『레이디스, 테이크 유어 타임』은 유독 앞가림을 할 수 없을 때 썼다. 이 소설이 그동안의 작업 중 가장 밝고 유쾌하다는 사실이 그래서 이상하다. 그러니까 질문을 던진 소설에게 이제 이런 답을 내놓을 수 있지 않을까. 이건 현실을 재생시키고 싶지 않은 심정으로 쓴 이야기라고. 보통의 SF처럼 좁고 느린 세상을 굳이 재현하고 싶지 않았다고. 그런데 쓰고 보니 이 또한 좁고 느린 이야기가 되었다고.

2024년 여름

박문영